Christian Tagger

BÖSE ABER SIEGFRIED

BERLIN CRIME 16

DAS BUCH

Siegfried Oswald, genannt Ziggy, ist der Typ unangepaßter Endzwanziger an der Schwelle zum bürgerlichen Erwachsenendasein. Seine Zeit verbringt er mit als sehr wohl freier, aber eben nicht sehr fleißiger Vertreter für Schallplatten eines Independent-Labels.

Sein Chef aus Köln will expandieren, Ziggy soll den Markt in Ostberlin erkunden. Doch Ziggy ist zugezogener Kreuzberger und mag die Ostberliner nicht. Sie sind so anders als er, wie er immer wieder sagt. Sein Chef ist mit Ziggy kaum zufrieden und setzt ihm einen Kollegen vor die Nase. Plötzlich ist ein Ossi aus Ostberlin der Chef von Ziggy, das ist dreifach schlimm.

Ziggy mag Stefan, den Neuen nicht, was er ihm auch mit einer Faust ins Gesicht sagt. Ziggy ist entlassen.

Von einer Sauftour an den Oranienplatz heimgekehrt, findet Ziggy in seinem Hausflur den Ossi Stefan schlafend vor. Doch die breiige Masse an dem Holzknüppel neben dem Schläfer ist nicht Ketchup, wie Ziggy denkt, sondern Hirn, und der Schlafende ruht für immer.

Ziggy Oswald stolpert in ein Verbrechen: Von den Bullen verdächtigt, von Unbekannten verfolgt beginnt eine Parforcejagd durch Ost- und Westberlin um Immobilienschieberei, Mord und unleserliche Briefe in Sütterlinschrift.

DER AUTOR

Der Autor Christian Tagger, Jahrgang 1964, Studium der Linguistik und Philosophie. Christian Tagger lebt und schreibt in Berlin.

Böse aber Siegfried ist der zweite Teil der Ziggy-Oswald-Trilogie.

Der erste Teil – *Karaoke Punk* – erschien als *BERLIN CRIME* 6. Weitere Kriminalromane werden bei *BERLIN CRIME* folgen.

DIE PRESSE

»Hier bricht sich mit Tempo und überzeugendem Plot die Moral der Kreuzberger Szene an der Selbstironie ihres Protagonisten.« *Die Tageszeitung* über *Karaoke Punk*

»Ein Kaleidoskop urbanen Kolorits, ein Reigen skurriler Gestalten. Tagger versteht es vorzüglich, mit sprachlicher Bordüre zu unterhalten.« *AZ Frankfurt* über *Karaoke Punk*

Christian Tagger

BÖSE ABER SIEGFRIED

Kriminalroman

BERLIN CRIME 16

Für Yaima

Alle Ereignisse und Figuren in diesem Roman sind frei erfunden. Ähnlichkeiten mit lebenden oder verstorbenen Personen, existierenden Firmen oder realen Begebenheiten wären rein zufällig und nicht beabsichtigt.

Christian Tagger: BÖSE ABER SIEGFRIED
Kriminalroman. BERLIN CRIME 16

ISBN 3-89602-021-8
Herausgegeben von Oliver Schwarzkopf

Schönhauser Allee 173, 10119 Berlin
Umschlagfoto Oliver Behrendt
Coverart Morten Heise
Satz Verlag auf Quark XPress
Gesetzt aus der Garamond

1

»Leck mich.«

Er legte auf.

Sachte ließ ich den Hörer auf die Gabel gleiten. Ich lehnte mich zurück, griff nach der Bierflasche und gab ihr den Rest.

Kalinka kam rein. Ich spürte ihren mißbilligenden Blick zwischen den Schulterblättern. Sie trat hinter mich und berührte meinen Hals. Ich schaute hoch. Ihr Blick streifte die leeren Flaschen und wurde noch mißbilligender.

»Am hellen Nachmittag.«

»Wir sind nich verheiratet.«

»Gottseidank.«

Sie wandte sich ab. Die Luft im Zimmer war zum Schneiden. Kalinka ging zum Fenster, öffnete es weit und sog die lauwarme Brise ein, jeder Atemzug ein Vorwurf.

»Wie redste überhaupt mit deinem Chef«, sagte sie.

»Chefchefchef«, maulte ich. »Detlev hat doch hinten und vorn keine Ahnung. Hockt in seinem Kölnchen und denkt, ohne ihn geht hier nix. Und dann setzt er mir auch noch 'n Ostler vor die Nase.«

»Du hasts nicht anders gewollt«, sagte sie ruhig.

»Gar nix hab ich gewollt. Ich hab nur gesagt, daß ich den Osten nich auch noch machen kann.«

»Weil du mit denen nicht klarkommst.«

Ich schwieg. Wie immer, wenn sie recht hatte, fiel mir nur eins ein, womit ich sie ärgern konnte. Ich steckte mir eine neue Zigarette an.

»Ist doch logisch«, sagte sie naserümpfend. »Wenn er schon

extra fürn Osten 'nen zweiten Mann einstellen muß, wär er doch bescheuert, wenn er dafür nicht gleich einen von denen nimmt.«

»Da hätt ich wohl noch was mitzureden gehabt. Schließlich bin ich Geschäftsführer.«

»Warste. Mach dir nichts vor. Solang du sein einziger Angestellter bist, kann er dich auch als Generaldirektor oder sonstwas laufen lassen. Hauptsache du läufst. Aber das ist jetzt anders. Ihr seid zu zweit, und wies aussieht, hast du Stefan gar nichts zu sagen. Und wenn du so weitermachst, wirds nicht lang dauern, bis er *dir* was zu sagen hat.«

»Vorher steig ich aus.«

»Hättste längst tun sollen.« Sie stieß sich vom Fensterbrett ab und drehte sich um. »Entweder das, oder du kniest dich richtig rein und machst Nägel mit Köpfen. Willste ewig deine Zeit mit so 'nem besseren Studentenjob vertrödeln. Du bist dreißig.«

Ich schnippte betont gelassen etwas Glut in Richtung Aschenbecher. Sie fiel daneben. Hätte sowieso nicht mehr reingepaßt.

»Was geht dich überhaupt meine Zukunft an.«

Kalinka verlagerte ihr Gewicht aufs andere Bein und faltete die Hände vor dem Schoß. Nachdem das Kind raus gewesen war, hatte sich ihre Figur erstaunlich schnell erholt. Sie war genauso hinreißend zart wie früher. Sie wußte, daß sie mich immer noch mit einem Wimpernschlag um den Finger wickeln konnte, nicht nur deshalb, aber auch. Und ein böser Blick aus ihren Haselnußaugen war härter als ein Kinnhaken.

Sie verpaßte mir eine ganze Serie.

Im Schlafzimmer schepperte es. Sie blieb kurz stehen, als sie an mir vorbeischlenderte.

»Ziggy«, sagte sie trocken. »Du rauchst zuviel.«

Sie ging raus.

Unsere berühmten Sonntagnachmittage. Am liebsten hätte ich jetzt einfach nur dagesessen, Bier getrunken und in aller Ruhe Detlev, Stefan und den Rest der Welt verflucht. Bis die *Lindenstraße* anfing und mir das tröstliche Gefühl gab, daß der Rest der Welt auch nicht besser dran war. Aber ich wußte, was kommen würde. Kalinka würde sich eine Weile mit der kleinen Miriam beschäftigen und dann, die Segel geschwellt vom Verantwortungsgefühl der jungen Mutter, wieder auf Nörgelkurs gehen. Als wäre der Tag nicht sowieso schon versaut.

Ich sammelte Zigaretten, Feuerzeug und Geld ein und holte meine Lederjacke vom Haken. Dann steckte ich den Kopf ins Schlafzimmer. Kalinka saß auf dem Bett. Miriam ritt auf ihren Knien, wie sie es im Fernsehen gesehen hatte. Sie plapperte nur noch von Pferden.

»Was ist eigentlich mit deiner Zukunft«, sagte ich. »Das Kind braucht 'n Vater, und sowas wie ich kommt dafür ja wohl nich in Frage.«

Miriam verrenkte sich das, was später mal der Hals sein würde, um mich zu sehen. Dann streckte sie den Arm aus und grabschte über drei Meter Entfernung nach mir.

»Babba«, quäkte sie. Das hatte ich ihr heimlich beigebracht. Kalinka ärgerte sich jedesmal schwarz. Auch diesmal.

»Sowas wie du«, zischte sie, »hat mir grade noch gefehlt. Hau bloß ab.«

Ich ging.

»Wo willstn hin«, rief sie mir nach.

»Büro«, überschrie ich die greinende Miriam und schmiß die Tür zu.

2

Büro klang gut. Es war meine alte Wohnung am Oranienplatz, die ich wohlweislich behalten hatte, nachdem ich vor zwei Jahren bei Kalinka eingezogen war. In regelmäßigen Abständen war ich froh, ein eigenes Kissen zu haben, auf das ich mein Haupt betten konnte. In der Zwischenzeit benutzte ich die Bude als Lager für Detlevs Schallplatten.

Ich mußte erstmal lüften. Der Zigarettenqualm von meinem letzten Arbeitstreffen mit Stefan hatte sich in der Augusthitze zu einem Mief verbacken, in dem nicht mal Fliegen überlebten. Ein paar lagen tot auf dem Fensterbrett. Ich riß die Fenster auf, holte einen Handbesen und fegte die Fliegen raus in den Sommerwind. Er trug sie fort wie Erinnerungen an einen Traum vom guten Leben.

Ich trat auf den Balkon. Zu meinen Füßen döste der Oranienplatz vor sich hin. Weiter unten auf dem Grünstreifen spielten die Türken ihre sonntägliche Partie Boule, ihr Geschrei drang kaum gedämpft durch die Baumkronen, nur ab und zu von leichten Windböen zerrissen. Ich schloß die Augen.

Vor zwei Jahren hatte ich eine Vision gehabt. Ziggy Oswald wurde brav. Er hatte die Schnauze voll vom Junggesellenleben. Er suchte sich einen seriösen Job. Er heiratete Kalinka. Er war ihrem Kind ein Vater, als wäre es sein eigenes. Alles wurde gut.

Damals hatte Kalinka mich gerufen, hochschwanger. Den Vater hatte sie rausgeschmissen, weil er sie betrog. Er ließ sich nicht mehr blicken. Sie war allein. Ich war da. Dann der Augenblick der Wahrheit. Statt des Sohnes, dessen sich Kalinka so sicher gewesen war, daß sie die entsprechenden Tests verschmähte, kam eine Tochter. Und auch sonst kam alles ganz anders. Wir hatten jahrelang ein sporadisches Bumsverhältnis gepflegt – mehr schien nicht draus werden zu wollen.

Kalinka zog ihr Kind auf. Ich schaute zu. Ziggy blieb Ziggy. Manchmal Onkel Siegfried.

Im Kühlschrank wartete eine einsame Flasche Bier. Irgendwo mußte ich noch Schnaps haben, für später. Ich klopfte den Staub von einer Dose Ravioli, öffnete sie und stellte sie auf den Herd. Eine Viertelstunde bis zur *Lindenstraße*, aber nicht mal darauf hatte ich noch Lust. Ich machte das Bier auf. Es gab kein Zurück.

Die Ravioli kochten. Ich ließ sie etwas abkühlen, löffelte die Dose leer, spülte den Löffel und warf ihn in seine Schublade. Zwanzig vor sieben. Ich überlegte, ob ich den Fernseher trotzdem einschalten sollte.

Das Telefon klingelte.

»Oswald«, meldete ich mich.

»Stefan. Kalinka hat mir gesagt, daß du …«

»Da schau her«, unterbrach ich ihn.

»Wie?«

»Was ist heute fürn Tag?«

»Sonntag«, stammelte er.

»Genau. Und wieviel Uhr?«

»Na so halb sieben.«

»Zehn nach halb.«

»Ach so«, sagte er. »Diese Serie.«

Ich tippte auf die Fernbedienung. Nach ein paar Sekunden erschien das Bild. Der Vorspann war schon abgelaufen. Hans Beimer schleppte sich zerquält über den Bildschirm.

»Also was haste dir gedacht. Daß das jetzt die allerbeste Zeit ist, mich anzurufen?«

»Hör mal, Ziggy, tschuldige ...«

»Ich habs satt«, sagte Hans Beimer.

»Wirste das je kapieren«, sagte ich.

Mutter Beimer werkelte am Herd. Ein Rührei, nahm ich an.

»Detlev hat angerufen«, sagte Stefan. »Bei Kalinka, ich hab grade mit ihr telefoniert ...«

»Und? Hat er dir 'n Orden verliehen? Held der Platte?«

Er lachte nervös. »Was haste ihm denn erzählt, sag mal.«

»Nix besonderes.«

Mutter Beimer in Großaufnahme. »Du hast dich doch schon immer vor deiner Verantwortung gedrückt«, plusterte sie sich auf. »Der Junge braucht dich nun mal ...«

»Fang nicht wieder damit an«, brüllte Beimer.

»Er hat dich gefeuert«, sagte Stefan.

Ich knipste den Ton weg. Es war plötzlich sehr still, auch in der Leitung.

»Wie war das«, fragte ich.

»Mensch, was war denn los, er hat sich anscheinend furchtbar aufgeregt, Kalinka wollte mir nichts sagen ...«

»Gefeuert, soso. Und du sollst mir das beibringen, was?«

»Ziggy, ehrlich, ich ...«

»Hastes also geschafft, du kleiner Wichser.«

»Ehrlich, ich hab nie 'n Wort gegen dich gesagt. Detlev ...«

»Der kann mich mal. Und das gleiche gilt für dich.«

»Nee, hör auf, das kannste nich ...«

Ich legte auf. Er hatte kein eigenes Telefon, wahrscheinlich stand er in einer Zelle und mußte erst nach Kleingeld suchen. Es dauerte fast eine Minute, bis es wieder klingelte. Ich hob ab, drückte auf die Gabel und legte den Hörer daneben. Dreißig zu null für mich. In Pfennigen. Aber das Match war verloren.

Ich nahm die Füße vom Tisch, setzte sie nebeneinander auf den Boden und betrachtete sie lange. *Hauptsache du läufst.* Das tat ich seit Jahren. Ich lief durch die Stadt und versuchte, die Produkte einer kleinen Kölner Plattenfirma loszuwerden. Ohne besonderen Elan, aber es reichte. Ich sah keinen Grund, mehr zu verdienen als ich brauchte, und Detlev hatte sich damit abgefunden, daß Berlin nicht der große Absatzmarkt für unbekannte Bands aus der Provinz war. Davon hatten wir selber genug, und wer interessierte sich für den neuesten Garagensound aus Köln, wenn er das gleiche aus Neukölln haben konnte. Bis vor kurzem war alles gutgegangen. Dann war Detlev eines Tages aufgefallen, daß wir noch gar nicht so richtig in die neuen Bezirke im Osten expandiert hatten. Genauer gesagt überhaupt nicht. Er nahm mich ins Gebet. Ich zog aus, das Fürchten zu lernen.

Sie waren so anders. Sie wußten nicht, was sie wollten, außer daß man ihnen irgendwas aufschwatzte. Du kommst rein und sie schauen dich mit großen Augen an und erwarten, daß du ihnen eine Dreiviertelstunde lang voller Überzeugung deinen Kram anpreist – um am Ende dankend abzulehnen und dir einen weiterhin guten Gang der Geschäfte zu wünschen. Und zwar im Ernst. Ich war das nicht gewohnt. Im Westen hatte ich meine Pappenheimer: kleine Plattenhändler mit großem Engagement, die mir das Zeug abnahmen, in winzigen Mengen, aber unbesehen. Niemand verlangte, daß ich dafür auch noch Werbung machte. Und niemand, wirklich niemand wünschte mir einen weiterhin guten Gang der Geschäfte. Ich schmiß das Handtuch.

Das war Stefan Krepps große Stunde.

Der Rest der *Lindenstraße* lief ohne Ton an mir vorbei. Ich suchte die Whiskyflasche und genehmigte mir einen. Dann rief ich Miriam an.

»Du mal wieder«, sagte sie. »Heißt das, daß Kacke am Dampfen ist? Wie gehts meinem Patenkind?«

»Schreit, scheißt und will unbedingt 'n Pferd.«

»Na dann. Kauf ihr doch eins.«

»Klar. Demnächst. Wenn die Menschheit so weit dezimiert ist, daß ich zum Thronfolger der britischen Krone nachrücke.«

»Nee, das wär vielleicht 'n bißchen früh. Sprichtse denn schon?«

»Nich immer.«

»Geil. Ich werd wohl mal wieder vorbeischauen müssen. Ist ja spannend, sowas Kleines.«

»Naja.«

Eine Weile hörte ich ihren Fernseher im Hintergrund.

»Also was ist los«, sagte sie dann. »Hängt der Haussegen schief?«

»Das übliche.«

»Armer Hase. Komm, wir gehn was trinken.«

»Du bist 'n Schatz.«

»Aber erst nach der *Lindenstraße*. Wo?«

»Irgendwo auf der Oranienstraße?«

»Fauler Sack. Na von mir aus.«

»St. Olaf?«

»Halb acht.«

Blieb mir noch Zeit, schon mal mit dem Dezimieren anzufangen. Beim Whisky.

3

»Du säufst zuviel. Ich mach mir Sorgen, echt.«

»Fang du nicht auch noch an«, sagte ich.

»Sei mal ehrlich. Wie lang ist es her, daß du morgens den Haustürschlüssel einhändig ins Schloß gekriegt hast.«

»Soviel ich weiß, bin ich noch immer heil ins Bett gekommen.«

»Ich mein nicht beim Heimkommen. Beim Rausgehen.«

Ich kontrollierte unauffällig meine Hände. Keine Spur von Zittern. Jetzt nicht mehr. »Morgens geh ich selten raus«, sagte ich. »Außerdem, von wem war denn der Vorschlag, einen trinken zu gehen.«

»Trinken. Nicht Saufen. Whisky am frühen Abend«, sagte sie kopfschüttelnd.

»Keinen vor vier, aber fünf nach sechs.«

»Haha.« Miriam nippte an ihrem Bier. »Mach was du willst, du bist alt genug. Aber dann wunder dich nicht.«

»Hör schon auf. Ich hab mich nicht mit dir getroffen, um mir noch 'ne Gardinenpredigt anzuhören.«

»Eben. Ausheulen willste dich. Da hättste mir genausogut was aufs Band sprechen können. Aber wo ich schon mal hier bin, sag ich dir auch, was ich denke. Mann, ich kenn dich doch. Und ich kenn Kalinka.«

»So?«

»Jedenfalls gut genug. Sie denkt an ihre Zukunft. Und an die von Miriam. Und du, Ziggy ... du hast im Moment keine Zukunft, du willst nicht mal eine.«

»Scheiße, ich hab soviel Zukunft wie Geld in der Tasche. Reicht nicht bis an mein Lebensende, aber immerhin bis zum nächsten Ersten. Was will sie mehr? Millionen leben so.«

»Haste nie das Gefühl, daß dir das Leben 'n bißchen mehr schuldig ist?«

»Mir?« Mein Glas war leer. Ich versuchte Ricks Blick zu erwischen. »Ich dachte, ich bin hier derjenige, der irgendwem was schuldig ist.«

»Naja, erstmal dir selber, wenn du so willst.«

»Wieso sollte ich.« Ich hatte ihn und winkte mit dem Glas.

»Hört sich an, als wärste rundum mit dir zufrieden.«

»Bin ich auch. Ab und zu.«

»Aber Kalinka nicht.«

»Kalinka.« Ich seufzte. »Hat mit mir sowieso nix am Hut.«

»Wie. Ihr seid doch ...«

»Nee. Die will wahrscheinlich bloß dem Kind den Anblick häufig wechselnder Geschlechtspartner ersparen. Aber in Wirklichkeit wartet sie. Auf den Richtigen.«

»Der du nicht bist?«

Ich schüttelte den Kopf.

»Son Quatsch«, sagte Miriam.

Rick kam mit dem Whisky und setzte sich zu uns. Ich hielt mir das Glas unter die Nase und schnupperte.

»Is kein Wasser drin«, sagte Ricks Schmollmund.

Das hatte er mal versucht, zu meinem Besten versteht sich, und es wäre beinah das Ende einer langen Freundschaft gewesen.

»Is ja nett, wie ihr alle um mich besorgt seid. Als wär ich der einzige, der was gegen den Durst tut. Und? Schaut euch doch um.«

»Ich seh nichts«, sagte Miriam. Rick legte ein bühnenreifes Gähnen hin. Das *St. Olaf* hatte gerade erst geöffnet, außer uns gab es nur drei andere Gäste, die einzeln an ihren Tischen saßen und die *Lindenstraße* verdauten.

»Ihr wißt was ich meine. Der Laden ist doch jede Nacht voll. Und die Leute auch.«

»Wär ja auch noch schöner«, sagte Rick. »Soll ich mir allein die Füße plattstehen? Ich hasse diesen Job.«

»Deine Jünger sind mit dir o Herr«, sagte ich.

»Naja«, schnaubte er. »Jünger wernse nich grade.«

»Danke.«

Ricks Hand flog vor seinen Mund. »Och Ziggylein, nee, also unter der Kategorie Frischfleisch hab ich dich nun wirklich noch nie betrachtet ...«

»Nee«, grinste Miriam, »eher mariniert, was?«

»Wenn einem soviel Gutes widerfährt«, sagte ich und kippte den Whisky runter. »Noch einen.«

»Für mich noch 'n Bier«, sagte Miriam.

»Wenns euch glücklich macht.«

Wir sahen ihm genüßlich zu, wie er das Whiskyglas aus einem Dreiviertelmeter Höhe vollaufen ließ, ohne einen Tropfen zu verschütten, eine Flasche Bier aus dem Kühlschrank holte, in die Luft warf und fast noch im Flug öffnete.

Danach schwebte er zu uns herüber und zauberte Eiswasserperlen und warmen Glanz auf den Marmor unserer Tafel.

»Geht aufs Haus«, gurrte er und gab dem Abend seinen Goldrand. Für Sekunden. »Und was macht die Gattin?«

Miriam verzog das Gesicht noch weiter als ich.

»Ach so«, sagte ich.

»Uhps, dann will ich mal nicht länger stören«, sagte Rick und schwebte zurück zum Tresen.

»Sieh mal an«, sagte ich. »Ist mein Haussegen also nicht der einzige, der schiefhängt.«

Miriam winkte ab. »Kleinigkeiten.«

»Was sonst.«

»Unser altes Problem. Sie will sonnabends partout nicht ausgehen, ich schon. Da geht man also jahrelang abwechselnd mal aus und mal nicht und keine ist wirklich zufrieden. Bis wir auf die geniale Idee kommen, daß wir den Abend ja nicht unbedingt zusammen verbringen müssen.«

»Liegt überraschend nahe.«

»Komm erstmal auf sowas, wenn du in 'ner Beziehung steckst. Also, ich geh gestern abend aus und laß sie vorm Fernseher zurück und rat mal. Heut morgen komm ich nach Hause und sie ist nicht da.« Sie schwenkte nachdenklich ihre Bierflasche.

»Das trägst du aber sehr mit Fassung.«

»Siehste. Genau das hat sie mir auch vorgeworfen. Heut nachmittag um drei. Als sie endlich heimkam.«

»Und? Wo hat sie sich rumgetrieben?«

»Ich wills gar nicht wissen«, sagte sie achselzuckend. »Wenns ihr Spaß macht. Das Dumme ist, ich glaube, sie machts nur, um mir den Spaß zu verderben. Und weil das nicht geklappt hat, ist sie sauer.«

»Tja. Keiner gönnt einem was.« Ich schlürfte etwas Whisky. »Dabei wärs so einfach. Kann denn Trinken Sünde sein?«

Miriam lachte. »Naja, in deinem Fall ...«

»Ich will auch nur 'n bißchen Spaß haben.«

»Im Ernst. Ich glaub, das Trinken ist es gar nicht, was Kalinka auf die Palme bringt.«

»Da solltest du sie aber mal hören ...«

»Nimm zum Beispiel Rick. Erinner dich mal, vor 'n paar Jahren, als er noch im *Rühmanns* gearbeitet hat, da hast du selber immer gewettert, daß er endlich was Gescheites aufziehen soll. Anstatt in diesem Laden zu versauern. Und genau das hat er gemacht. Das hier ist zwar auch nur 'ne Kneipe, aber seine eigene. Das ist es, was Kalinka meint.«

»Na und? Ist er jetzt vielleicht glücklicher? Du hast ihn doch eben gehört.«

»Jammern gehört zum Geschäft.«

»Jaja. Nur bei mir ...« Ich brach mitten im Satz ab und starrte zur Tür.

»Is was«, sagte Miriam.

»Der Krepparsch«, sagte ich. »Was willn der hier.«

Stefan blieb am Eingang stehen und schaute unsicher zu uns rüber, mit der osttypischen Unsicherheit, die keineswegs das Gegenteil der westdeutschen Dreistigkeit ist, sondern nur ihre weinerliche kleine Schwester. Zurückschrecken tun sie beide vor nichts. Stefan setzte sich in Bewegung.

»Wer ist das denn«, sagte Miriam.

»Ein Sargnagel«, sagte ich.

Stefan blieb wieder stehen, mitten im Raum, und steckte verlegen die Hände in die Taschen. Er sagte irgendwas, aber zu leise, um gegen Ricks Technoinferno anzustinken. Ich wandte ihm den Rücken zu.

An Miriams Augen konnte ich ablesen, wie er näherkam. Sie musterte ihn neugierig, dann sah sie mich an, im selben Moment, in dem ich seine Hand auf meiner Schulter fühlte. Er nahm sie schnell weg, als ich meinen eisigsten Blick drübergoß.

»Hör mal, Ziggy«, stammelte er.

»Hau ab.«

»Können wir nich … ich hab 'n Problem …«

Langsam erhob ich mich. Ich drückte meine Zigarette im Aschenbecher aus. »Problem«, sagte ich.

»Du kannst mich doch jetzt nicht im Stich …«

Ich holte zu einem Schlag aus. Er versuchte auszuweichen, aber ich traf ihn trotzdem mitten ins Gesicht. Sein Kopf federte ein Stück zurück, dann kniff er die Augen zu und riß die Hände hoch.

»Ziggy«, jaulte er.

»Da haste dein Problem.« Ich warf mich seitlich gegen ihn. Er taumelte und stürzte zwischen die leeren Barhocker am Tresen. Ein paar fielen um. Rick starrte mich an. Stefan schrie plötzlich, und mir wurde klar, daß ich ihn verletzt hatte, gleichzeitig spürte ich ein Ziehen über meinen Handrücken. Dann hörte Stefan auf zu brüllen.

Er rappelte sich hoch, stieß dabei noch einen Barhocker um und rannte raus. Ich setzte mich.

»Du bist wahnsinnig«, sagte Miriam.

»Das ...« Meine Stimme versagte. Ich nahm einen Schluck Whisky. »Das ist das Arschloch, wegen dem mich Detlev gefeuert hat. Widerlicher Schleimer. Hat mich mehr oder weniger aus dem Job gedrängt. Und jetzt, wo er den Laden allein schmeißen soll, geht ihm die Muffe und ich soll ihm auch noch helfen. Ist doch das letzte.«

»*Du* bist das Letzte, Ziggy«, sagte sie. »Du bist ja total verkommen. Was ist bloß aus dir geworden.« Sie schüttelte den Kopf.

»Was hätt ich denn bitteschön machen sollen.«

»Was mach ich hier eigentlich noch.« Sie knallte ihre Flasche auf den Tisch und ging, ohne mich eines Blickes zu würdigen.

»Mann«, sagte ich zu mir selbst. Dann trank ich den Whisky aus und stierte eine Weile vor mich hin. Ich mußte mich auf die Tischplatte stützen, um vom Stuhl hochzukommen.

»Mann«, sagte ich nochmal.

Ich nahm das Glas und brachte es zur Theke und wartete, bis Rick sich zu mir umdrehte.

»Noch einen«, sagte ich.

Er verzog keine Miene.

»Ohne Eis«, sagte ich spaßeshalber.

»Nö.« Er grinste, und es sah etwas unecht aus. »Du hast genug.«

Etwas in mir fing an, sich zu drehen. Ich ließ das Glas los, das ich ihm über die Theke geschoben hatte.

»Dann nicht«, würgte ich hervor. »Gibt noch annere Kneipen.«

Ich stolperte raus. Der Gang über die Straße war ein Abstieg wie vom Erster-Klasse-Abteil in den Viehwaggon. Nicht mal der Whisky schmeckte im *Kraken,* aber er hatte den Vorteil, daß er einem selbst dann noch eingeflößt wurde, wenn man längst unterm Tisch lag. Vorausgesetzt, man zahlte.

Ich nutzte den Service nicht ganz. Ich trank, solange ich mich an der Theke aufrechthalten konnte, was nicht sehr lange war, und trat den Rückzug an. Das Stück Oranienstraße meisterte ich mit Hilfe von Häusern und Kotflügeln, in den Weiten des Oranienplatzes verlor ich mich ein bißchen und fand nach mehreren Anläufen den Hauseingang, der zu meinem Schlüssel paßte.

Die Tür war offen. Ich ging rein und machte Licht.

Hinter dem arretierten Türflügel schlief jemand. Ich beugte mich über ihn. Es war Stefan Krepp. Eine Eisenstange, die mit etwas wie frischem Ketchup beschmiert war, lag neben ihm. Sein Hinterkopf war ebenfalls mit Ketchup beschmiert und sah ziemlich matschig aus. Als ich mich wieder aufrichtete, hörte ich eine Polizeisirene. Sie raste um die Ecke und hielt mit quietschenden Reifen vor dem Haus. Ich gab mir Mühe, im Gleichgewicht zu bleiben.

Da war jemand schneller gewesen als ich.

4

Man ließ mich in einem vergitterten Mannschaftswagen warten, der sich mit jedem meiner Atemzüge aufblähte und wieder schrumpfte wie der Kehlsack eines gigantischen Frosches. Vorn quakte der Polizeifunk. In meinem Kopf rieben sich die Satzfetzen, die ich probehalber zusammensetzte, um die letzten Stunden zu rekonstruieren.

Entweder lag es an den letzten Stunden oder an mir: nichts ergab Sinn. Ich starrte durch das offene Heck auf das knallrote Neonschild der Apotheke drüben, das großzügig den Geist nüchterner Hilfsbereitschaft in die Nacht hinausstrahlte. Nüchterner wurde ich von alledem nicht, oder wenn, hatte es keine Klarheit gebracht. Nur das sichere Gefühl, daß ich bis zu den Nasenlöchern in der Scheiße steckte.

Der kleine dünne Zivilbulle, der zu mir in den Wagen kletterte, hatte den Job, mir den Fuß auf den Kopf zu stellen und mich ganz unterzutauchen.

Er klopfte lustlos ein paar Falten aus seiner Windjacke und setzte sich neben mich. »Blut.«

Ich versuchte zu nicken, ohne zu sehr mit dem Kopf zu wackeln.

»Hab ich mir schon gedacht.«

Die Falten kamen wieder raus. Auf seiner Stirn.

»Hauptkommissar Blut.«

Ich war sprachlos.

»Mit Teha«, fügte er hinzu. »Siegfried Oswald?«

»Ich? Ja.«

»Wohnen Sie hier im Haus?«

Ich nickte. Stand sowieso alles auf meinem Personalausweis, den sie mir vorhin abgenommen hatten. Bluth versuchte, seinem Gesicht einen amüsierten Ausdruck zu geben. Das mußte er lang geübt haben. An ihm war kein Gramm zuviel, am wenigsten Humor.

»Bißchen unterwegs gewesen heut abend, was?«

Ich nickte. »Hab 'n bißchen was getrunken, mhm.«

»Kommt vor«, sagte er. »Ist ja nicht verboten.«

»Wenn Sies sagen.«

»Ich muß mich leider mit viel schwerwiegenderen Fehltritten befassen. Sie haben den Toten entdeckt?«

»War das auch 'n Fehltritt?«

Eine seiner erstaunlich zarten Hände klatschte erstaunlich herzhaft auf mein Knie. »Haha, Sie lassen sich die Laune nicht verderben, was?«

»Wieso. Haben Sie das vor?«

»Spaß beiseite. Sie haben den Toten hinter der Tür gefunden, als Sie nach Hause kamen?«

»Mhm.«

»Und dann haben Sie sofort uns gerufen.«

»Neenee ...«

»Ja?«

»Ich hab gar nichts ... ich ... ich war das nicht.«

Er stöhnte wie über einen Witz, den er schon mal gehört hatte.

»Hat auch keiner behauptet, Herr Oswald. Jetzt mal ganz ruhig. Ich will nur folgendes wissen. Haben Sie irgendwas verändert, bevor Sie uns gerufen haben?«

»Neenee ...«

Ein Uniformierter winkte Bluth aus dem Wagen. Sie traten ein paar Schritte beiseite und redeten leise, dann kam Bluth zurück.

»Sehen Sie, die Sache ist die. Der Tote sieht ja ziemlich übel aus, ist Ihnen vielleicht selber aufgefallen. Es muß ganz schön gespritzt haben, als sie ihn fertiggemacht haben. Andererseits, im Hausflur ist nirgends was zu sehen. Das heißt, daß es nicht da drin passiert sein kann. Sie werden ja wohl nicht saubergemacht haben, bevor wir kamen, was?«

»Neenee …«

»Eben. Außerdem haben wir grade die Stelle gefunden. Wahrscheinlich. Da drüben im Park.« Er zeigte mit dem Daumen über seine Schulter. »Nur, wie ist er dann da reingekommen. Mit dem Loch im Schädel wird er sich kaum noch so weit geschleppt haben. Und selbst wenn. Er hätte ganz bestimmt nicht die Eisenstange mitgenommen.«

»Nee«, sagte ich.

»Heißt, irgendwer muß ihn da hingelegt haben.«

»Erst umgelegt, dann hingelegt«, sagte ich und kam mir gar nicht witzig vor. Ihm auch nicht. Er schlug die Beine übereinander und drehte einen eleganten Schuh im Licht der Straßenlaterne. Er musterte ihn ernsthaft.

»Sehen Sie, das ist die Frage. Es ist genauso unwahrscheinlich, daß der Täter ihn an einer schönen dunklen Stelle im Park umbringt und dann über die Straße zu einem Hauseingang trägt. Das wär irgendwie dumm, finden Sie nicht.«

»Bißchen Dummheit hat noch keinem geschadet«, orakelte der Whisky in mir. »Immer nur den anderen.«

»Jaa …« Er tat erstaunt. »Aber wer sind die anderen.«

»Pffff«, machte ich. Meine Blase drückte.

»Also Sie haben niemand gesehen.«

»Nee.«

Er spielte mit einem Glanzlicht auf seinem Schuh.

»Kennen Sie den Toten?«

Er streckte den Fuß. Irgendein modisches Problem schien ihm wichtiger zu sein als die Antwort auf seine Frage. Ich dachte plötzlich an den Gesichtsausdruck, mit dem mir Rick den letzten Whisky verweigert hatte.

»Nee«, sagte ich.

Er ließ den Fuß auf den Blechboden knallen.

»Tja«, sagte er. »Das wärs dann erstmal.«

»Wer isses denn.«

»Männlich, zirka Ende Zwanzig.« Er erhob sich. »Mehr wissen wir noch nicht. Hatte keine Papiere bei sich.«

»Wo wir grade davon reden. Kann ich meine wiederhaben?«

»Aber natürlich.« Er hüpfte aus dem Wagen, winkte einen Uniformierten ran und sprach mit ihm. Der Bulle verschwand und tauchte mit meinem Ausweis wieder auf. Bluth drückte mir die Karte persönlich in die Hand.

»Schlafen Sie sich erstmal aus. Kann sein, daß wir nochmal auf Sie zurückkommen. Und falls Ihnen noch was einfällt, melden Sie sich bitte.«

Ich wandte mich ab. Der Hauseingang war jetzt hell erleuchtet und wimmelte von Leuten in Zivil und Uniform. Für keinen schien Stefan Krepp die Sensation des Abends zu bedeuten. Ich holte tief Luft und versuchte mir vorzustellen, wieviele Fälle dieser Art den Bullen Woche für Woche unterkamen. Und wieviele davon ungeklärt in den Aktenschränken vor sich hinschimmelten. Nicht identifizierte Tote männlichen Geschlechts um die Ende zwanzig konnten hartnäckig sein, wenn es darum ging, ihre Geheimnisse mit ins Grab zu nehmen. Falls es überhaupt wen gab, der sich für ihre Geheimnisse sonderlich interessierte. Und wenn sich Grab und Aktendeckel erstmal geschlossen hatten …

Meine Blase riß mich aus den Spekulationen. Ich machte zwei Schritte auf den Eingang zu, aber noch vor dem dritten hob ein Bulle abwehrend den Arm. Ich drehte mich um und ging zum nächsten Haus. Es schien zu schlafen. Als es naß wurde, wachte es auf. Im Flur ging das Licht an, und ich erkannte hinter der Glasscheibe die Glatze und den Trainingsanzug eines der Nachbarn. Er mußte vorher im Dunkeln dagestanden haben. Er schloß auf und steckte seinen Kopf raus.

»Erika, jetzt komma her und kiek dir diese Sau an«, sagte er zu meinem Strahl. Erikas Kopf schob sich hinter seiner Schulter vor.

»Den kennwa doch«, sagte sie.

»Ich wohne nebenan«, sagte ich. »Komm nich rein, weil die Bullen alles abgesperrt haben.«

»Ach ja?« Er sah Erika an.

»Was ist denn passiert«, sagte Erika.

»Einen umgebracht«, murmelte ich.

»Umgebracht? Wen denn? Einen vom Haus? Man sieht ja nischt von hier aus.«

»Gehnse doch einfach rüber«, sagte ich und knöpfte meine Hose zu.

»Sie müssens doch wissen, wenns bei Ihnen im Haus war.«

»Wahrscheinlich einer von den Pennern, die hier überall rumlaufen«, sagte er. »Ich sag ja immer, da gehört mal aufgeräumt, 'ne Wanne an jede Ecke vom Platz und Ruhe is.«

»Sei doch ma still, Hotte. Hamse ihn gesehen? Die Leiche mein ich?«

Ich schüttelte den Kopf. »Is keiner vom Haus.«

»Ich sag dir, Erika, das kann bei uns auch passieren, jederzeit. Wenn ich die Typen schon sehe, juckts mir in den Fingern. Aber ich merk mir die Gesichter.«

»Sei doch mal still.« Erika wandte sich an mich. »Gings um Drogen?«

Ich starrte Hotte an. Stefan war ein paarmal in meiner Wohnung gewesen. Ich überlegte, ob wir jemals zusammen angekommen oder weggegangen waren. Nein, glücklicherweise nicht. Aber auch wenn sich jemand nur an ihn allein erinnerte, reichte das für die Bullen, um ihn mit dem Haus in Verbindung zu bringen. Und Leute wie Hotte gab es genug.

»Drogen«, sagte ich achselzuckend. »Mädchenhandel, Spionage, Terrorismus.« Ich dachte einen Augenblick nach. »Auch Handtaschenraub.«

»Hand ...«

»Der verarscht dich«, schnaubte Hotte. »Außerdem isser besoffen.«

Erika runzelte die Stirn. »Sie sind mir 'n Hallodri. Da wird einer umgebracht und Sie machen Witze.«

»Diese Penner murksen einen doch schon wegen paar Mark fuffzich ab, was brauchts da noch Drogen. Kannste so anständig sein wie du willst, biste vor sowas nich sicher. Aber ich bin gewappnet.«

»Hotte ...«

»Nee, laß ma, da steh ich ganz offen dazu. Ne Leuchtpistole, wissense, das is das Wahre. Is ja nischt Verbotenes, darf ja jeder haben. Aber wenn ich dir damit eins reinbrenne, hastes hinter dir.« Er wies mit dem Kinn auf den Bullenauflauf vor meinem Haus. »Die kommen doch sowieso erst, wenns zu spät ist.«

»Mach doch mal deine Jacke zu«, sagte Erika.

Er ließ den Reißverschluß über seine nackte Halbkugel flitzen. »Dabei wärs so einfach, 'ne Wanne an jeder Ecke ...«

»Hamse was gesehen«, unterbrach ich ihn.

»Was denn, was denn.« Er blinzelte.

»Na von dem da.«

Er zog den Reißverschluß noch ein Stück höher. »Was meinense denn damit. Wenn ich was mitgekriegt hätte ...« Er biß die Zähne zusammen und ließ seinen Blick über den dunklen Oranienplatz schweifen.

»Hätt ja sein können. Sie sind doch ein aufmerksamer anständiger ...«

»Von hier aus sieht man ja nischt«, warf Erika ein.

»Aber Sie können Gift drauf nehmen, daß ich die Augen offenhalte«, sagte Hotte. Er stemmte die Fäuste in die Hüfte und sah mich fußballenwippend an. »Manchen ist es anscheinend egal, was um sie rum passiert. Solang es sie nich selber erwischt.«

Erika erschauerte und sah zu den Bullen rüber. »Puh, kein Auge würd ich mehr zutun in sonem Haus.«

»Komm, wir gehn rauf.« Er faßte sie am Ellbogen, zog sie rein und schloß ab. Arm in Arm verschwanden sie im Treppenhaus. Ich stand eine Weile da und verfolgte das Treiben der Obrigkeit von weitem, bis ich zu dem Schluß kam, daß Erika Recht hatte. Wenn auch aus anderen Gründen, als sie dachte. Ich ging zur Oranienstraße und nahm ein Taxi nach Schöneberg.

Die Wohnung war dunkel, als ich so leise wie möglich reinschlich. Ich blieb vor der Schlafzimmertür stehen und hörte ein Quäken von Miriam, das Kalinka mit einem zornigen Flüstern unterbrach. Also immer noch dicke Luft, aber damit hatte ich gerechnet. Ich holte mir ein Bier aus dem Kühlschrank und ging ins Wohnzimmer. Kalinka hatte mein

Bettzeug auf die Couch geworfen. Es war das erstemal, daß ich nach einem Krach nicht in meiner eigenen Wohnung schlief, und ich fragte mich, ob sie das mit dem Bettzeug jedesmal machte, für alle Fälle. Ich grinste gerührt. Einen Moment lang vergaß ich den Onkel und schlief immer noch gerührt ein. Böse aber Siegfried.

5

Ich wachte davon auf, daß mir was Klebriges in den Mund zu kriechen versuchte. Miriams Gesicht schwebte lachend über meinem. Sie quietschte vergnügt und nahm ihre Hand von meinen Lippen. Die Finger waren mit bräunlichem Zeug bekleckert. Nach einer Schrecksekunde hatten sich meine Geschmacksnerven gesammelt und meldeten Pflaumenmus. Ich liebe Pflaumenmus.

»Danke«, grunzte ich und wischte mir den Mund ab. Miriam machte es mir nach, sie verteilte das Mus an ihrem Fingern gleichmäßig über ihre untere Gesichtshälfte. Dann strahlte sie mich stolz an und wartete darauf, was als nächstes kam. Als nächstes kam Kalinka rein. Mit einem wütenden Blick auf unsere verschmierten Münder erfaßte sie die Situation, packte Miriam am Arm und schleifte sie raus. Miriam fing an zu plärren, Kalinka fluchte leise. Plärren und Fluchen verzogen sich ins Badezimmer. Ich schaute auf die Uhr. Viertel vor acht.

Kalinka kam allein zurück.

Sie lehnte sich an den Türrahmen, noch im Schlafanzug, kraulte ihre verschlafenen Haarsträhnen und gähnte. Nachdem sie in mir ausreichend Sehnsucht nach einer Kuschelstunde geweckt hatte, setzte sie eine ernste Miene auf.

»Du packst am besten deine Sachen zusammen und ziehst in deine alte Wohnung.«

Ich hatte meine Zigaretten noch nicht gefunden und war vollkommen wehrlos.

»So«, sagte ich. »Für immer?«

»Bis auf weiteres. Die Kippen liegen hinter dir auf der Lehne. So gehts nicht weiter mit uns. Es muß sich was ändern, das heißt, du mußt was ändern. Und ich hab gemerkt, ich kann dir dabei nicht helfen. Ich habs versucht.«

»Schon gut. Das haben inzwischen andere besorgt.«

»Wenn du damit Detlev meinst, ich kann dir nur raten, nimms als Arschtritt in die richtige Richtung. Mach was draus.« Sie löste sich vom Türrahmen und rieb sich die Schulter. »Wie gesagt, es ist Zeit, daß du mal 'n bißchen nachdenkst. Und ich will dir dabei nicht im Weg stehen.«

Ich steckte mir zittrig eine Zigarette an. Kalinka sah mir von sehr hoch oben in die Augen und nickte. Dann ging sie langsam in den Flur.

»Hab ich das Recht, noch 'n Telefongespräch zu führen«, rief ich ihr nach.

»Blödmann.«

Ich kroch unter der Decke hervor. Meinen Kram, der sonst auf dem Tisch verstreut lag, hatte sie bereits zu einem Häufchen geordnet. Ich suchte mein Adreßbuch raus und schlug Detlevs Privatnummer nach. Ich hatte Glück und erwischte ihn noch beim Frühstück.

»Na sowas«, sagte er spöttisch. »So früh auf? Oder kommste grad nach Hause.«

»Spar dir deine Witze. Es ist ausnahmsweise mal ernst.« Ich machte eine Kunstpause und hörte, wie er ungerührt in ein Brötchen biß. »Stefan ist tot.«

Er kaute zweimal. »Waff?«

»Irgendwer hat ihm gestern nacht den Schädel eingeschlagen. Und bevor du weiterfragst, ich wars nicht.«

Er würgte den Bissen runter. »Wieso ...«

»Keine Ahnung, wer und wieso. Jedenfalls ist er tot, ich habs gesehen.«

Eine Zeitlang sagte keiner was. Dann räusperte sich Detlev.

»Hör mal, wenn das 'n dummer Trick ist, damit ich die Kündigung zurücknehme ...«

»Scheiß auf die Kündigung, ich habs sowieso satt. Nee, ist kein Trick. Er ist tot.«

»Das ist ... ja.«

»Ja.«

»Um Gottes willen.«

»Noch dazu vor meiner Haustür. Die haben ihn mir praktisch vor die Tür gelegt.«

»Warte mal. Da ... wußtest du schon von der Kündigung?«

»Ja, verdammt nochmal, und natürlich hatten wir deswegen Zoff. Ganz gewaltig. Und 'n paar Leute haben das auch mitgekriegt.«

»Mhm. Was meinen die Bullen dazu?«

»Die wissen noch gar nichts. Ich meine, die wissen nicht, wer er ist und so. Ich hab nichts gesagt.«

»Wie. Moment mal. Die haben mit dir geredet und du hast gesagt, du kennst ihn nicht?«

»Was hätt ich denn machen sollen. Ist doch klar, was die sofort gedacht hätten.«

Er schwieg.

»Das gleiche, was du jetzt wahrscheinlich denkst.«

»Allerdings«, sagte er nach einer Weile. »Nee, ich meine, das nun auch wieder nicht. Aber ... das ist wohl 'n Problem, ja.«

»Ja. Eben. Deswegen ruf ich an.«

»Ja. Wieso.«

»Also es war vielleicht nicht besonders schlau von mir, sie anzulügen, naja, ich war 'n bißchen in Panik. Aber wenn sie dahinterkommen, steh ich natürlich noch beschissener da.«

»Ja«, sagte er zögernd. »Und was hab ich damit ...«

»Ganz einfach. Sobald sie ihn identifiziert haben und rauskriegen, daß er für dich gearbeitet hat, klopfen sie wahrscheinlich auch bei dir an.«

»Mhm. Und?«

»Naja. Was erzählste ihnen dann.«

»Du bist gut.« Er suchte nach Worten, fand aber keins.

»Zum Beispiel«, sagte ich. »Wie die Dinge liegen, haste doch überhaupt keinen Angestellten namens Siegfried Oswald, oder?«

»Was meinste denn damit.«

»Ich meine, wieso solltste ihnen dann erzählen, daß du jemals einen hattest.«

»Du spinnst.« Er lachte. »Du spinnst. Glaubst du allen Ernstes, ich lüg deinetwegen die Polizei an.«

»Wer redet denn von Lügen. Ich meine, du brauchst ihnen doch nicht jedes unwichtige Detail auf die Nase binden. Solang sie nicht danach fragen.«

»Tja. Nur ist das leider kein so ganz unwichtiges Detail. Wie die Dinge liegen.«

»Was soll das denn heißen. Glaubst du ... also sag mal, traust du mir wirklich zu, daß ich ...«

»Wenn dus genau wissen willst, ich trau dir garnix zu. Eben deshalb. Ist mir egal, wie du aus der Scheiße wieder rauskommst, aber versuch nicht, mich mit reinzuziehen.«

»Dafür hat man also Freunde.«

»Such dir welche.« Er legte auf.

»Scheißer«, sagte ich und wog den toten Hörer in der Hand. Zu leicht, um wen damit zu erschlagen. Eher der Aschenbecher. Ich zog an meiner Zigarette. Kalinka tauchte neben mir auf. Sie beugte sich über mich, ein Hauch warmen Bettgeruchs aus dem Ausschnitt ihres Pyjamas streifte mein Gesicht. Aber sie nahm mir nur den Hörer ab und legte ihn auf. Dann setzte sie sich.

»Stimmt das«, fragte sie leise.

»Klar.«

Im Schlafzimmer quengelte Miriam. Sie fand wohl, was sie suchte, oder irgendwas anderes, und es war wieder still. Kalinka und ich sahen uns an. Das Schlimmste, das ich befürchtet hatte, blieb mir erspart. Nicht die Spur einer Frage in ihrem Blick.

»Armer Stefan«, sagte sie. »Ich kenn ihn ja kaum, aber er war doch total harmlos, oder? Wer macht denn sowas ...«

»Ich weiß nicht mehr, als was du grade gehört hast. Vielleicht wüßte ich mehr, wenn ich gestern abend mit ihm geredet hätte. Ich dachte natürlich, es geht um die scheiß Platten, also hab ich ihn zum Teufel gejagt.«

»Und jetzt«, fragte sie kopfschüttelnd. »Willste nicht lieber zu den Bullen gehen? Willste echt warten, bis die von selber draufkommen?«

»Weiß nicht. Kann nur hoffen, daß sie bald 'ne interessantere Spur finden. Weil, sonst spricht ja nicht viel zu meinen Gunsten.«

Aus dem Schlafzimmer klang es wie Kinderkopf gegen Holz, prompt folgte Miriams Heulen. Kalinka legte mir im Aufstehen eine Hand auf die Schulter und rannte rüber. Das Heulen wurde noch lauter. Ich drückte die Kippe in den Aschenbecher und ging ihr nach. Sie saß auf der Bettkante, auf ihrem Schoß Miriam, die bis unter ihre blonden Haarwurzeln rot angelaufen war, die kleinen Hände auf ihren Scheitel gepreßt. Als sie mich sah, brüllte sie mich empört an. Dann brüllte sie den Fensterflügel über dem Kopfende des Betts an. Anscheinend hatte der Wind ihn aufgedrückt, und sie hatte sich dran gestoßen. War mir auch schon passiert. Ich ging vor den beiden in die Hocke, Miriam neigte den Kopf und nahm die Hände weg, und ich pustete. Meine Fahne hatte ich ganz vergessen – Kalinka verzog das Gesicht. Immerhin schaltete Miriam auf Wimmern und Schluchzen runter. Sie sah mich an, immer noch etwas empört. Ich gab dem bösen Fenster einen Stoß, daß es in den Rahmen knallte, das versöhnte sie vollends. So leicht hat man es selten.

»Is ja gut«, sagte ich.

»Uhuuuuh«, machte sie abschließend und rieb sich tapfer den Kopf.

»Überleg mal«, sagte ich zu Kalinka. »Hat er gestern am Telefon irgendwas gesagt? Weswegen er mich sprechen wollte?«

Sie strich nachdenklich über Miriams Haar. »Nee. Er hat

dich gesucht, ich dachte eben wegen der Arbeit. Er war ziemlich durcheinander.«

»Durcheinander. So kann mans auch nennen. Der hatte die Hosen voll wegen irgendwas, und bestimmt nicht deswegen. Ich Idiot. Naja. Zu spät.«

»Wer weiß, wo du da reingeraten wärst.«

»Stimmt auch wieder.«

Ich suchte mir aus dem Schrank ein paar frische Sachen zusammen, ging ins Bad, duschte und zog mich an. Die alten Sachen, in denen ich geschlafen hatte, wollte ich in den Wäschekorb stecken, dann fiel mir ein, daß es damit erstmal vorbei war. Ich holte mir aus der Küche eine Plastiktüte, stopfte alles rein und legte die Tüte in meinen Koffer, den Kalinka bereits in den Flur gestellt hatte. Kalinka stand in der Schlafzimmertür. Ich schob mich an ihr vorbei und sammelte soviel von meinen Klamotten ein, wie ich unter den Arm kriegte. Miriam schaute mir gespannt zu.

»Gehste«, fragte Kalinka trocken.

»Wird wohl das beste sein.«

»Babba«, sagte Miriam.

»Versteh mich nicht falsch«, sagte Kalinka, »aber wenn du jetzt nicht allein sein möchtest, unter den Umständen ...«

»Schon gut.« Ich ließ mir von ihr Platz machen, ging in den Flur und warf das Zeug in den Koffer. Dann legte ich meinen Kram vom Wohnzimmertisch drauf und schloß den Koffer. Ich zog Jacke und Schuhe an. Die Zigarettenschachtel – eine letzte war noch drin. Ich steckte sie mir an, als gutes Omen. Mit der Letzten einer Schachtel ist nie etwas zu Ende. Das wäre zuviel. Wenn es einen irgendwie erwischt, dann garantiert mit einer halbvollen Schachtel in der Tasche. Nicht mit einer leeren. Das Leben hat keinen Sinn für Symbolik. Kalinka wartete an der Tür. Sie machte mir auf und trat beiseite. Die Zigarette in der einen, den Koffer in der anderen Hand blieb ich vor ihr stehen. Es wurde kein langer Abschied. Ihre Haselnußaugen bemühten sich um einen festen Blick, dann zog sie mich plötzlich zu sich runter und küßte mich schnell.

»Dickkopf«, sagte sie und versuchte zu lächeln.

Ich nickte.

»Wenn du mich brauchst«, sagte sie.

»Ich weiß. Danke.«

Als die Tür ins Schloß fiel, begann Miriam wieder zu plärren.

6

Es war nicht mal Neun und die Sonne schien noch lange nicht in mein Zimmer, als ich den Koffer in eine Ecke stellte und mich aufs Bett warf, um ein bißchen Schlaf nachzuholen. Nicht nur wegen des Schlafs – hauptsächlich, um den Kippschalter runterzumachen und einfach nicht mehr da zu sein. Das Bettzeug roch nach Staub und kaltem Rauch, und der Morgenhimmel vor meinem Fenster war so endlos blau, daß es mir schwerfiel, die Augen zu schließen und blind im Mief zu versinken. Und wenn ich sie schloß, war ich nicht allein. Ich vergrub mich unter dem Kissen. Mein Kopf brannte, kalter Schweiß begann, mir die Klamotten an den Leib zu kleben. Kein Kippschalter. Ich gab auf. Ich zog mich aus und duschte.

Danach kam mir die Wohnung noch dreckiger und unbewohnbarer vor. Sogar vor dem Abtrocknen ekelte mich, die Handtücher muffelten seit Ewigkeiten an ihrem Haken vor sich hin. Nackt und naß rannte ich durchs Zimmer und machte mich ans Aufräumen. Es lief darauf hinaus, daß ich ein halbes Dutzend volle Aschenbecher in die überquellende Mülltüte kippte und die Tüte neben die Tür stellte, damit ich irgendwann dran dachte, sie runterzutragen. Dann brauchte ich dringend eine Zigarette, aber es gab keine. Ich suchte alles nach einer Reserveschachtel ab. Nichts, nur leere. Ich fluchte. Trocken war ich inzwischen, also zog ich mich an und ging runter.

Ich spazierte zum Kottbusser Tor und holte mit meiner EC-Karte einen blütenfrischen Hunderter aus dem Spender. Er knisterte optimistisch. Ich schob ihn in die Hosentasche, verließ das Bankkabuff und erlebte mal wieder, warum die Dinger Scheine heißen. Der Himmel war noch eine Spur blauer als vorher und die Welt kleiner, und der Tag lag in der ganzen Pracht vor mir, zu der er gerade erwachte. Ich nahm den Weg durch die Dresdner Straße zum Oranienplatz und betrat den Supersupersupermarkt.

Als erstes klapperte ich die Haushaltschemie ab. Es gab für jede Sorte Dreck ein extra Putzmittel, ich suchte mir die drei raus, die am giftigsten klangen, dazu Gummihandschuhe und Putzschwämme. Dann zu den Lebensmitteln. Brot, Eier und ein paar Fertiggerichte mußten fürs erste reichen. Ein Fläschchen Multivitaminsaft fürs momentane Befinden. Ach ja. Und Zigaretten.

Als ich dem jungen Türken an der Kasse meinen Hunderter gab, hielt er ihn ungeniert gegen das Licht. Er grinste.

»Is sauber«, sagte er.

»Grade von der Bank geholt.«

Er riß die Augen auf und hielt den Schein nochmal hoch.

»Naja«, sagte er und reichte mir das Wechselgeld. Dann zeigte er auf meine Putzbatterie. »Viel Arbeit, was. Neue Wohnung?«

»Schön wärs«, seufzte ich. »Nee, Junggesellenhaushalt.«

»Oh«, sagte er.

»Strafversetzt.«

»Au weia.« Er schüttelte den Kopf. »Is nich gut mit den Frauen, nee.«

»Nee.«

»Aber ohne auch nich, was.«

»Mal sehen. Keine Post, keine Rechnungen.«

»Machs gut«, sagte er todernst.

Langsam überquerte ich den Oranienplatz. Die Frühaufsteher unter den Punks waren bereits mit ihren ersten Bierdosen zugange. Einer spielte mit seinem Hund Frisbee, und alle schienen jede Menge Spaß zu haben. Es war hell und friedlich, nichts wies darauf hin, daß ein paar Stunden vorher ein Stück weiter oben im Park, ich wußte nicht mal genau wo, jemandem das Licht ausgeblasen worden war. Ich setzte mich auf eine mild angewärmte Bank und holte den Multivitaminsaft raus. Danach endlich eine Zigarette.

Ich schaute eine Weile dem Punk und seinem Hund beim Frisbeespielen zu. Der Hund war ganz jung und gerade dabei zu kapieren, daß es drauf ankam, die Scheibe im Flug zu erwischen. Jedesmal, wenn er es schaffte und schwanzwedelnd zu seinem Herrchen zurückraste, klapperten die anderen mit ihren Bierdosen. Wenn er es nicht schaffte, kriegte er die Scheibe nicht mehr vom Boden hoch, und das Herrchen mußte selber hin, um sie aufzuheben. Auch das schien er zu kapieren. Ich hatte den Eindruck, daß er dann noch viel mehr mit dem Schwanz wedelte.

Was im Endeffekt hieß, daß er gar nichts kapierte.

Ich ging nach Hause.

Das erste, was ich sah, war die Mülltüte neben der Tür. Klar, ich hatte vergessen, sie runterzutragen. Aber ich hatte sie nicht umgeworfen. Zwei Arme schlangen sich von hinten um meinen Brustkorb und drückten zu. Ich ließ die Einkaufstasche fallen. Ich versuchte mich umzudrehen, und die Arme drückten einfach ein bißchen fester zu.

»Arnie, kuck mal was ich hab.« Die Stimme klang nicht besonders angestrengt. Ich wollte nicht wissen, wie es sich anfühlte, wenn sie angestrengt klang, also hielt ich still.

Arnie kam aus der Küche. Groß, gutaussehend, kurzes dunkles Haar, Ohrring im linken Ohrläppchen. Jeansjacke ohne Ärmel und nichts drunter. Auf den ersten Blick ein Milchgesicht, aber seine Züge waren markant, kräftiges Kinn und sinnlicher Mund, ein Gesicht, das brutal wirken konnte oder auch sehr sensibel. Im Moment wirkte es sensibel.

»Scheiße«, sagte er gedehnt. »Nichts im Haus, um 'nem durstigen Mann 'ne Erfrischung anzubieten.«

Hollywood. In meiner Küche.

»Hab keine Gäste erwartet«, preßte ich hervor.

»Gäste«, kicherte der, der mich festhielt.

Arnie trat näher. Er hob seine rechte Hand und betrachtete die Ringe an seinen Fingern, große klotzige Dinger, von denen einer allein wahrscheinlich lächerlich ausgesehen hätte, aber so im Regiment waren sie beeindruckend. Arnie hauchte sie an und rieb mit der anderen Hand drüber, und er gab acht, daß das Spiel seiner Oberarmmuskeln dabei zur Geltung kam. Er verzog den Mund zu einem gequälten Lächeln.

»'n ordentlicher Haushalt ist immer auf Überraschungen eingerichtet. Stimmts?«

»Is was dran«, sagte der hinter mir.

»Wir finden, daß du dich 'n bißchen mehr um deinen Haushalt kümmern solltest.«

Arnies Kinn nickte fast unmerklich. Ehe ich wußte, was los war, hatte der andere mich freigegeben und mir einen kräftigen Stoß in Richtung Küchentür verpaßt. Meine Arme waren zu lahm, um sie rechtzeitig hochzukriegen, ich prallte in voller Länge gegen die Tür. Vor allem mit dem Kopf. Noch bevor mir das Blut aus der Nase schoß, packte er mich wieder. Im selben Augenblick hatte ich Arnies Faust im Magen. Ich spürte jeden einzelnen Ring. Arnie schlenkerte seinen Arm.

»Haushalt, verstanden«, sagte er und schlug nochmal zu.

Multivitaminsaft schwappte mir die Speiseröhre hoch. Meine Beine waren Gummi. Als ich losgelassen wurde, sackte ich auf die Knie runter, zu Arnies Füßen. Ich versuchte mich nach meinem Hintermann umzusehen. Ich erkannte nur, daß er einen Vollbart hatte, dann brach der Multivitaminsaft aus mir raus. Er bildete eine Pfütze auf dem Teppich, in die in dicken Tropfen das Blut aus meiner Nase platschte.

»Und sonst gar nichts, verstanden«, sagte Arnie.

Zur Bekräftigung trat mir der Vollbart in die Rippen. Ich rollte auf die Seite, Arnie beugte sich über mich und lächelte sensibel.

»Irgendwie kann ichs ja selber nich leiden, so unangemeldet reinzuplatzen. Also tu mir den Gefallen und erspar mir 'n zweites mal.«

Ich spuckte aus. »Was soll der Scheiß«, keuchte ich.

»Sach bloß«, sagte der Vollbart. »Er weiß gar nich, wovon wir reden, Arnie.«

»Nee«, sagte ich.

Arnie nickte bedächtig und sah den anderen an.

»Hat 'ne absolut gesunde Einstellung, der Mann. Können wir nur hoffen, daß er dabei bleibt.«

»Sonst müssen wir halt nochmal nachhelfen«, sagte der Vollbart.

»Wollen wir doch nich.« Arnie tätschelte meinen Kopf. Er machte es so, daß ich die Ringe spürte.

»Bißchen Kaffee is noch da«, sagte er. »Aber die Milch is alle.«

Dann stieg er über mich drüber. Ich hörte, wie sie rausgingen.

7

Ich blieb erstmal liegen. Von hier aus hatte ich die Wohnung noch nie gesehen: ein schmaler hoher Kasten, eine Schlucht, aus deren Wänden sich jederzeit Lawinen von Dreck und Unordnung lösen konnten, vor meinen Augen die stinkende Pfütze wie ein goldgelb schimmernder See, hinter seinem jenseitigen Ufer die endlose Ebene des Teppichbodens, bevölkert von ganzen Armeen von Krümeln und Staubflocken, die sich zwischen verfallenen Monumentalbauten herumtrieben. Standfoto einer Massenszene aus irgendeinem Sandalenfilm. In meinem Kopf donnerte Ben Hur über die Ziellinie.

Ich hievte mich auf die Knie hoch und tastete meine Rippen ab. Das Hemd hatte was von dem Multivitaminsabber abgekriegt, ich zog es aus und begutachtete meinen Oberkörper. Wo mich die Stiefelspitze getroffen hatte, war die Haut rot angelaufen. Eine Schwellung zeichnete sich ab. Gebrochen war wohl nichts.

Ich ging ins Bad, holte eine Rolle Klopapier und breitete ein paar Meter über die Pfütze. Dann putzte ich mir die Zähne. Der ekelhafte Geschmack war weg, wenigstens physisch, ein Schluck Whisky würde den Rest besorgen. Ich hatte die Flasche bereits in der Hand, schraubte den Deckel ab, roch dran, schraubte sie wieder zu und stellte sie zurück. Nein. Es war sowieso schon jemand dabei, mir den Rest zu geben. Klarer Kopf. Kaffee war noch da, hatte Arnie gesagt. Das mit der Milch war sein Problem, ich trank schwarz. Ich setzte Wasser auf, streute ein Häufchen Löslichen in eine Tasse und wartete.

Gut, jemand wollte, daß ich mich raushielt. Das hieß, jemand glaubte, daß ich was wußte. Jemand, der was mit der Sache zu tun hatte. Ich wußte nichts und wollte nichts damit zu tun haben. Gut. Dann gab es außer den Bullen jetzt noch wen, dem ich das beibringen mußte. Das Wasser dampfte. Ich goß den Kaffee auf, rührte Zucker rein und wartete.

Die Bullen würden sich die Hände reiben, wenn ich zu ihnen kam, aber jemand wäre sehr zornig. Wenn ich den Mund hielt, rieb sich jemand die Hände, aber die Bullen würden irgendwann sehr zornig. Für mich war es jedenfalls am gesündesten, wenn die anderen die Sache unter sich ausmachten und ich einfach blieb, wo ich war. Fragte sich nur, wo das war.

Ich pustete den Kaffee auf Trinktemperatur und schlürfte ein paar Mundvoll. Mein Magen ächzte. Ich kaute ein Stück Brot. Dann nahm ich den Kaffee und ging auf den Balkon.

Die Punks und ihre Hunde waren unten noch zugange, aber sie waren nicht mehr allein auf dem Platz. Ältere türkische Ehepaare hatten sich auf den Bänken niedergelassen, mit und ohne Kinder. Am Brunnen ein paar Typen mit Schnäuzern und Lederjacken. Arnie und sein Kumpel waren natürlich verschwunden. In die geparkten Autos konnte ich nicht reinsehen, weil sich die Sonne in den Scheiben spiegelte. Es war halb elf. Der größte Teil des Platzes lag in grellem Licht. Nur auf meiner Seite gab es noch Schatten.

Ich zog mich hinter die Balkontür zurück und schlürfte Kaffee.

Nach einer Weile fiel mir mein alter Freund Fred Paschek ein, der ein Stück weiter runter am Erkelenzdamm gewohnt hatte. Freund war eigentlich übertrieben. Er hatte mir mal im *Zorro* eine Partie Schach angeboten. Ich verlor das Spiel, aber dafür erfuhr ich, daß er so ziemlich alles besaß, was es über, von und mit *Grateful Dead* gab. Danach war ich öfters bei ihm gewesen, Deadhead spielen. Er hatte wirklich alles, von der Gürtelschnalle bis zur Badehose.

Und eine Menge Geschichten über sein Haus.

Der Säufer aus dem Erdgeschoß, den seine Kumpels eines nachts im Suff erschlagen hatten. Panische alkoholgeschwängerte Gehirne – sie versuchten, den Estrich im Keller aufzuhacken, kamen nicht besonders weit, legten die Leiche ins Loch, deckten sie mit Estrichbrocken zu und verschwanden. Nach ein paar Tagen fing es an, unmißverständlich zu stinken. Die Kumpels wurden innerhalb weniger Stunden gefaßt. Der Keller blieb seitdem ungenutzt. Seit fünfzehn Jahren.

Oder der Brand. Fred roch eines nachmittags was, rannte zur Tür und sah eine schwarze Wand aus Qualm. Kein Licht, kein Geräusch, nur das heisere Murmeln des Rauchs, der durchs Treppenhaus nach oben raste. Einseinsnull war das erste, das Fred einfiel. Er stürzte zum Telefon. Der Bulle am anderen Ende brauchte eine Weile, um zu begreifen. Wenns brennt, sagte er dann, müssense Einseinszwo anrufen. Fred wählte Einseinszwo. Da ging keiner ran. Er wählte nochmal Einseinsnull. Da ging auch keiner mehr ran. Fred nahm allen Mut zusammen, preßte sich ein nasses Tuch vors Gesicht und rannte die Treppe runter. Einen Stock tiefer hatte jemand eine Teppichrolle angezündet, die im Flur rumstand. Brannte kaum, qualmte nur furchtbar, Fred und die anderen Mieter hatten das Feuer längst gelöscht, als Feuerwehr und Kripo dann doch noch eintrafen. Vom Täter nie eine Spur.

Fred hatte es Spaß gemacht, diese Geschichten zu erleben, und noch mehr, sie zu erzählen. Letztes Jahr hatte er aufgehört zu erzählen. Außer einer Geschichte. Irgendwann mal hatte er das Pech gehabt, nach einem Autounfall eine Bluttransfusion zu kriegen. Als es losging, besuchte ich ihn eine Zeitlang im Krankenhaus, aber ich gab auf, als das Ende abzusehen war. Ich erfuhr nie, wann er gestorben war.

Ich lugte über die Balkonbrüstung. Der Platz schien mich schläfrig mit einem halb geöffneten Auge zu beobachten. Ich zog mir was an, stieg in meine Stiefel und ging runter.

Mittleres Tempo, nicht zu schnell, aber zielstrebig, und nicht umsehen. Über die Oranienstraße. Der Erkelenzdamm, verträumt unter Kastanienwipfeln, durch die die Sonne unaufgeregt ihre Lichtmuster aufs graubraune Kopfsteinpflaster malte. Freds Haus. Im Hausflur hingen die Briefkästen. Freds Name stand nicht mehr dran. Ein paar Stufen, und auf der Rückseite wieder runter zum Hinterhof, der grade groß genug war, um eine Handvoll Fahrräder drauf abzustellen. Ein hüfthoher Metallzaun trennte ihn symbolisch vom Hof des Nachbarhauses, der wiederum von einer kleinen Mauer begrenzt wurde, die das Ende der Zivilisation darstellte, wenn man nicht wußte, was dahinterlag. Dank Fred wußte ich es: eine riesige ungemähte Wiese mit ein paar Bäumen drauf. Rechts die Wohnblöcke an der Skalitzer Straße, links die an der Reichenberger. Durch einen Hofdurchgang neben dem Penny-Markt stieß ich auf die Reichenberger und ging rüber zum Kottbusser Tor. Als ich in den kühlen Luftzug des U-Bahneingangs tauchte, hatte ich nicht mal mehr das Bedürfnis, mich umzusehen.

8

Ich war nur einmal in Stefans Wohnung gewesen, ein paar Wochen vorher, zu seinem Geburtstag. Das war kurz nachdem Detlev ihn eingestellt hatte, damals versuchte ich noch, gute Miene zu machen und mich mit Stefan zu vertragen. Der erste und einzige Besuch belehrte mich eines Besseren.

Ich haßte Leute, bei denen man die Schuhe im Flur ausziehen muß. Vielleicht haßte ich auch nur die Löcher in meinen Socken. Aber gute Socken waren teuer. Stefan Krepp zu hassen war billiger und paßte ohnehin ins Bild. Inzwischen fragte ich mich, ob ich nicht doch am falschen Fleck gespart hatte, aber wer ahnte sowas schon.

Reinzukommen war kein Problem. Es war eine Hochparterrewohnung in einem runtergekommenen Hinterhaus am Rand des Prenzlauer Bergs. Ich stieg auf den Müllcontainer, der unter seinem Küchenfenster stand, drückte das Fenster auf und kletterte durch. Drinnen war es etwas kühler und muffelte leicht nach Käse. Das bißchen Sonne, das steil durch den Hinterhof einfiel, ließ mich auf einer grell beleuchteten Bühne vor dem dunklen Teil der Küche stehen. Ich trat von der Bühne und gewöhnte meine Augen ans Zwielicht. Auf der Anrichte lag der Käse, ein offenes Päckchen Camembert, daneben auf einem Teller ein vertrocknetes Fischskelett. Ein frugales Orakel, dem ich leider nichts entnehmen konnte, außer daß es Stefan nicht ähnlich sah, das Zeug so rumliegen zu lassen. Ich stieß mich an der Sitzbadewanne. Er hatte sie auf eigene Kosten eingebaut, mit dem Erfolg, daß man sich nur noch mit eingezogenem Bauch in der Küche aufhalten konnte. Das war Stefan: bescheiden, aber sauber. Um jeden Preis. Na, die Gräten waren immerhin sauber abgeäst. Ich rieb mir das Knie und schlich zum Flur.

In der Wohnung drüber lief ein Radio, ganz leise. Der Boden knarrte. Ich machte zwei große Schritte und gab der Wohnzimmertür einen Stoß mit dem Ellbogen. Das Radio wurde abgeschaltet. Ich blieb auf der Schwelle stehen. Eine Weile hörte ich nur meinen Puls in den Ohren rauschen. Schweißtropfen begannen mich an den Rippen zu kitzeln. Dann sagte oben jemand was, irgendwas fiel zu Boden, das Radio wurde wieder eingeschaltet. Lauter als vorher. Ich lehnte mich an und schloß für einen Moment die Augen. Das Rauschen in meinen Ohren wurde allmählich zum Schmerz. Ich verfluchte jeden einzelnen Schnaps, den ich noch nicht getrunken hatte. Stefan hatte nichts im Haus, kein Gedanke, ich verfluchte ihn ebenfalls. Ich schaute runter auf meine Füße. Hätte ihm so gepaßt. Aber Cowboystiefel werden nicht zum Ausziehen gemacht, sondern um drin zu sterben, wenn es nötig ist. Ich hoffte, daß es so bald nicht nötig sein würde, und rollte mich mit der Schulter am Türrahmen ins Wohnzimmer.

Irgendwas war anders. Der Lehnstuhl, auf dem ich damals gesessen hatte, war vom Fenster an den Kachelofen gewandert. War inzwischen mal Winter gewesen? Wann hatte der ganze Schlamassel überhaupt angefangen. Mit einem Kribbeln im Genick ging ich in die Mitte des Zimmers und sah mich um. Stehengebliebene Zeit.

Die Platten lagerten noch an derselben Stelle, in einem toten Winkel hinter der Tür. Ungefähr zwei Dutzend waren noch da. Ich beschloß, zuerst den Papierkram zusammenzusuchen. Auf seinem Arbeitstisch fand ich nichts, nur das Häufchen seiner Geburtstagsgeschenke, das er anscheinend unverändert gelassen hatte, und die Gebrauchsanweisungen des Fernsehers und des Videogeräts. Folgerichtig blickte ich zum Fernseher und sah den Ordner, der obendrauf lag. Ich klappte ihn auf. Alles drin, die ganze Zettelwirtschaft für *Rüpsch Records,* hinten sein Arbeitsvertrag. Ich nahm die Papiere raus, warf den Ordner weg und ging in die Küche, um eine Plastiktüte zu suchen. Sie waren unter der Anrichte, wo sonst. Das

Fischskelett ignorierte ich grimmig. Ich steckte die Papiere in eine große Tüte.

Es mußte an meinem Zustand liegen, daß ich etwas unlogisch arbeitete. Ich stellte die Tüte im Wohnzimmer ab, hob die Platten auf und klemmte sie mir unter den Arm. Dann bückte ich mich, um die Tüte aufzuheben und die Platten reinzustecken. Eine Platte rutschte dabei aus ihrem Cover und krachte samt Schutzhülle auf den Boden.

Ich fluchte gotteslästerlich. Die Platten waren normalerweise eingeschweißt. Er mußte eine davon aufgemacht haben. Nur um mir das Leben schwerzumachen. Er besaß nicht mal einen Plattenspieler.

Dann sah ich, daß er noch einen Grund gehabt hatte.

Die Platte war halb aus ihrer Schutzhülle gerutscht. Etwas Helles, das mit drinsteckte, lugte über den Rand der Hülle. Ich legte den anderen Kram ab und zog es raus. Es war ein gefalteter, ziemlich vergilbter Zettel. Ein Brief, etwa eine halbe Seite lang. *Lieber Otto,* begann er. Weiter kam ich nicht. Sütterlinschrift war nicht meine Stärke.

Ich hörte Schritte. Jemand räusperte sich draußen und klopfte.

Langsam zog ich die Hand aus der Jackentasche. Die Luft war plötzlich dicker geworden, ich kriegte sie kaum in die Lunge. Ich starrte die Tür an und konnte den anderen dahinter atmen hören. Zwischen uns lag nur der dunkle Flur, drei Meter. Ich spürte beinahe, wie der da draußen auf jedes Geräusch horchte, das ich von mir gab. Ich bemühte mich, keins von mir zu geben. Daß das so schwer sein konnte.

Eine halbe Minute verging. Er klopfte nochmal. Drei harte, laute Schläge.

Ich hörte meine Uhr ticken. Acht, neun, zehn, elfmal. Bei zwölf würde irgendwas platzen.

Stattdessen scharrte er mit den Füßen und trat ein Stück weg. Er schien nochmal stehenzubleiben. Dann entfernten sich seine Schritte. Gierig sog ich einen tiefen Atemzug ein. Ich duckte mich und kroch zum Fenster.

Er ging über den Hof. Ein kleiner, untersetzter Kerl, blond, formloser Haarschnitt. Er trug eine fast weiße Jeans und ein verwaschenes grünes T-Shirt. Und war weg.

Ich biß die Zähne zusammen, um den Kopfschmerz zurückzudrängen. Ich versuchte nicht mal zu denken. Was ich wollte, hatte ich gefunden. Nichts wie raus.

Ich kroch zurück und fummelte die Platten in die Tüte. Eine nach der anderen. Hochkonzentriert. Sah wahrscheinlich aus wie ein Affe, der Bananen aufeinanderzutürmen versucht. Ich stand auf und taumelte rückwärts gegen den Kachelofen. Kreislauf abgesackt. Ich blieb eine Weile gegen den Ofen gelehnt und dachte an einen großen weißen Tequila mit Salz und Zitrone. Die Zitrone machte es.

Ich ging in den Flur. Der Ausschnitt des Hinterhofs, den ich durchs Küchenfenster sah, wirkte friedlich. Es gab keinen Grund, nicht durch die Tür rauszugehen. Ich öffnete sie, trat ins Treppenhaus und zog sie zu. Ich rüttelte nochmal dran. Schräg über mir pfiff jemand durch die Zähne.

Ich ließ die Tüte fallen. Es kam von der Treppe. Etwas Weißes schimmerte im Halbdunkel des nächsten Absatzes. Haare und ein Bart. Der Besitzer der Pracht hockte auf dem Boden und rührte sich nicht. Nur der Bart bewegte sich. Ich hörte ein Schmatzen. Ich trat näher und starrte durch die Streben des Geländers nach oben.

Er bewegte einen Arm.

»'ne Zijarette fürn juten Zweck«, brummte der Bart.

Das Wesen trug trotz der Hitze einen verschlissenen Staubmantel, aus dem ein Paar Beine in dunklen Hosen und speckigen Turnschuhen ragte. Eine große Flasche irgendwas stand in Reichweite seines linken Arms. Er lehnte bequem an einem Bündel, das vermutlich den Rest seines Hausstands enthielt. Sein Gesicht war dunkel und glänzte schweißig und fing an zu grinsen.

»Na komm schon«, sagte er.

»Was fürn guten Zweck denn«, sagte ich.

»Tu Buße, mein Sohn. Erleichtere dein Jewissen und jeh ein ins Himmelreich.«

»Du liebe Scheiße.« Ich holte meine Kippen raus und hielt sie ihm durch die Gitterstäbe hin. Erstaunlich flink kam er angekrochen und grapschte nach der Schachtel. Ich zog sie zurück.

»Eine«, sagte ich, nahm eine raus und reichte sie ihm. Er starrte sie wütend an.

»Ick bin der Herr«, brummte er dann. »Feuer.«

Meine Hand zitterte erbärmlich, ich gab mir Mühe, ihm nicht den Bart in Brand zu setzen. Er bemerkte es und sah mich aus kalten klaren Augen an. Ich schielte nach der Flasche neben seinem Bündel. Er nach meiner Zigarettenschachtel. Ich steckte sie ein.

»Brennen sollt ihr«, zischte er und kroch in seinen Winkel zurück.

»Leck mich am Arsch.« Ich bückte mich nach der Tüte.

Er räusperte sich schleimig und spuckte aus.

»Jeht mir ja nischt an«, sagte er. »Aber der erste biste nich.«

Ich drehte mich zu ihm um. »Der erste was.«

Vergnügt paffte er an seiner Zigarette. Dann setzte er die Flasche an, schluckte und rülpste. In meinem Magen kämpften zwei Seelen. Die eine wollte kotzen, die andere hatte Durst. Er zeigte mit dem Flaschenboden auf Stefans Tür.

»Jibt wat umsonst da drinne, wa.«

»Bißchen Fisch und Käse. Nicht der Rede wert.«

Er sah gelassen zu mir runter. Eine Fliege tauchte aus dem Nichts auf, summte an seinem Ohr vorbei und ließ sich auf seiner glänzenden Stirn nieder. Er verzog keine Miene.

»Zwei«, sagte er. »Der grade eben und vorn paar Stunden einer.«

»Kennste einen von denen?«

Ein Zucken durchlief ihn in mehreren Wellen, ehe es als Lachen aus seinem Bart brach. Eine halbe Minute lang lachte er lauthals, ich hatte Angst, er würde das ganze Haus zusammenlachen. Dann war er plötzlich still und sah mich an.

»Bin auf der Durchreise, Bruder.«

»Mhm. Sonst irgendwas mitgekriegt?«

Er kam zum Geländer gekrochen und streckte mir durch die Stäbe eine Hand entgegen. Ich holte die Kippen raus und gab ihm eine. Er kroch wieder zurück.

»Alles sieht der Herr, denn sein Auge ist überall.« Er legte sich auf sein Bündel und drehte sich zur Wand. »Amen.«

Ich hob meine Tüte auf. »Soll er mal zu Ruhnke gehen.«

9

Die Hitze draußen beruhigte meine Nerven. Ich fühlte mich beschissen, aber die anderen auch – unter einer Sonne, die gleichmäßig auf alle runterbrannte und allen das Kreuz, das sie trugen, noch schwerer machte. Nur daß auf meins auch noch Kopfschmerzen genagelt waren. Aber was waren schon Kopfschmerzen. Sie bewiesen immerhin, daß noch was zum Schmerzen da war.

Ich ging die Metzer Straße ein Stück runter, wechselte die Straßenseite und nahm den erstbesten Hauseingang, der offen war. Nachdem ich die Papiere rausgenommen hatte, versenkte ich die Tüte mit den Platten in einem Müllcontainer.

Dann ging ich zwei Häuser weiter, zerriß die Zettel und warf sie in einen anderen Container. Niemand interessierte sich für mein Treiben. Gut. Mein Kopf tat immer noch weh, aber das Kreuz war leichter. Ich machte mich auf den Heimweg.

Über dem Senefelderplatz schwelte die Luft. Richtung Mitte ging es bergab, und es schien mit jedem Schritt heißer zu werden. Der Platz war ein Dreieck, das durch die Gabelung von Kollwitzstraße und Schönhauser Allee gebildet wurde und mit seiner Spitze zur Innenstadt zeigte. Oder auf mein Bett, wenn man die Linie noch weiterdachte. Ich war praktisch schon dort.

Ich stolperte die Kollwitz runter. *Café Herbarium,* ein paar Tische auf dem Gehsteig vor einer dämmrigen Höhle. Die Tür stand weit auf, und als ich dran vorbeiging, blieb die

Farbkombination Grünweiß in meinem Augenwinkel hängen.

Es war der Kerl, der eben bei Stefan geklopft hatte. Es saß an einem Tisch an der Rückwand des Cafés und sprach mit einer Frau. Träge rührte er in einem Espresso. Er schaute rüber, als ich stehenblieb. Dann patschte ihm die Frau auf die Schulter, und er sagte nichts.

Der Laden war hübsch gemacht: die Wände bis über Kopfhöhe dunkelblau gestrichen, darüber in einem leichten Ocker. Ein Deckenventilator zog müde seine Kreise. Leise lief ein hingehauchtes Jazzstück, das auf halbem Weg zwischen hier und den fünfziger Jahren eingeschlummert war. Zwei junge Mädchen saßen an einem Fenstertisch über ihren Hausaufgaben. Ich trat an die Theke. Die Frau, mit der der Typ geredet hatte, stand auf und kam mir ein paar Schritte entgegen, korpulent und mit langen ungewaschenen Haaren. Sie war die Kellnerin.

Sie trug Gesundheitslatschen.

Die Musik war aus dem *Fahrstuhl zum Schafott*.

Die Kellnerin machte einen unerwarteten Ausfallschritt und schlurfte hinter die Theke. Sie sah mich an. Ich nickte. Sie nickte zurück. Dann hob sie träge eine Hand und klebte sich eine Haarsträhne hinters Ohr. Sie wartete. Ich überflog das Schnapsregal.

»'n braunen Havanna Club«, sagte ich.

In einer einzigen fließenden Bewegung langte sie die Flasche aus dem Regal, füllte ein Schnapsglas und stellte es mir hin. Ich holte ein Fünfmarkstück aus der Hosentasche und legte es auf den Tresen.

»Danke«, sagte ich.

Sie ließ das Fünfmarkstück verschwinden, schlurfte zurück an den Tisch und setzte sich. Ich senkte den Blick auf das Röhrchen Gold vor mir.

Niemand sprach. Niemand bewegte sich. Miles Davis ließ seine Töne wie Stecknadeln in die Stille fallen, sie klirrten auf den Fliesen und zerbrachen in kleine Stückchen Gold und Dunkelblau. Paris bei Nacht. In Berlin bei Potsdam. Glückliche kleine Welt.

Der Senefelderplatz spuckte zwei neue Gäste in den Raum. Ein barfüßiges Pärchen, beide in Pluderhosen, T-Shirts und Dreadlocks. Sie stellten sich links neben mich und rochen nach Bett. Ich wandte mich ab.

»Jetzt biste aber echt zickig«, sagte er.

»Du wolltest doch unbedingt zusammenziehen«, sagte sie.

»Mit dir ja«, sagte er. »Aber nicht mit Uli, Ralf, Sascha und Toffi. Und mit, wie heißt der Köter nochmal.«

Die Kellnerin kam an. Das Mädchen stieß einen gereizten Atemzug aus.

»Gundula ist echt 'n lieber Hund, die tut echt keinem was.«

»Ich kanns nun mal nich ab, wenn sie mir morgens das Gesicht einsabbert.«

»Weil du 'n spießiger Morgenmuffel bist«, zischte sie.

Einen Augenblick herrschte eisige Stille. Miles ließ vorsichtig eine Stecknadel fallen. Niemand hörte sie.

»Mensch, wir diskutieren das jetzt in Ruhe aus, ja«, sagte sie dann.

Die Kellnerin strich sich verständnisvoll eine Strähne aus dem Gesicht. Ich stierte in den Rum. Dann spürte ich, daß sich was verändert hatte. Der Typ hinten war aufgestanden und kam zur Bar.

»Es sind deine Freunde, nich meine«, sagte der Junge.

Der Typ stand jetzt rechts neben mir. Ich konnte seinen Schweiß riechen. »Wenn er hier aufkreuzt, sag ihm, er soll sich bei mir melden«, sagte er zur Kellnerin und ging zur Tür.

Sie nickte. »Tino«, sagte sie ruhig.

Er blieb stehen.

»Zwofuffzich«, sagte sie.

Er kam zurück und grinste. »Tschuldige«, sagte er, kramte ein paar Münzen aus der Tasche und gab sie ihr. »Stimmt so.«

Er watschelte raus.

»Liebste mich oder nich«, sagte das Mädchen.

Ich schluckte den Rum und tat mein Bestes, um die Antwort nicht mehr mitzukriegen. An der Tür warf ich einen Blick über die Schulter. Der Junge sah das Mädchen an. Er lächelte. Das Lächeln des Verlierers.

Mein Freund Tino war schon ein paar Meter weiter unten am Senefelder-Denkmal vorbei und bog nach links in die Stuttgarter. Ich folgte ihm wacklig. Der Rum begann brennende Wellen raufzuschicken, die den Kopfschmerz fraßen wie nichts, aber sie fraßen auch irgendwas in meinem Magen. Tino schaute auf seine Armbanduhr und watschelte schneller.

Die Straße verlief ein Stück bergauf, machte einen leichten Knick nach rechts und senkte sich dann zur Prenzlauer Allee. Dort wandte Tino sich nach rechts und hielt auf den Alex zu. Der Fernsehturm flimmerte plötzlich in voller Höhe vor meinen Augen. Ich fing an zu keuchen. An der nächsten Ampel mußte er auf Grün warten. Ich lehnte mich an ein großes starkes Haus und schnappte nach Luft.

Dann war es geschafft. Tino überquerte die Straße und verschwand in einem Bürogebäude. Es hatte eine Glastür, die längst wieder zugefallen war, als ich ankam. Und es gab keine Klinke. Aber eine Metalltafel, auf der die Nutzer verzeichnet waren.

Zweiter Stock. Tino Gegenvogel. Private Ermittlungen.

Schön. Nicht daß es mich groß was anging. Wo lag überhaupt Senefeld.

Ich ließ etwas Luft aus dem Magen und ging zum Alex.

10

Ich mußte meinen Kreislauf in der U-Bahn vergessen haben. Er fuhr ohne mich weiter zur Endstation, während ich leer die Treppe zum Kottbusser Tor rauftaumelte, fast zu schwach, um meine Klamotten zu tragen. Die Junkies an den Freßbuden glotzten mich in blöder Vertraulichkeit an, einer murmelte was. Ich hatte mich immer gefragt, was hinter den toten Gesichtern vorging. Das Tagesziel am Horizont, ansonsten alles, was noch da war, auf den Kampf gegen die Schwerkraft konzentriert, auf die nächste Bewegung der Knie und Füße. Manchmal schlief ihnen der Verstand ganz ein, und sie standen einfach nur da, die Augen zu, und schwankten. Jetzt bekam ich eine leise Ahnung davon, was es heißen konnte, einfach nur dazustehen und zu schwanken. Ich gönnte mir einen Moment, ehe ich mich für den Umweg über die Adalbertstraße entschied.

Unten war ich schon. Ein Besuch bei Rick konnte mich höchstens noch aufbauen.

Der dicke Marcel stand hinter der Bar und winkte mich rein, als ich an der Tür zögerte.

»Hi«, sagte ich. »Ist, äh, Rick da?«

Er machte einen sinnlichen Augenaufschlag. »Ich weiß alles.«

»Rick?«

»Grade wieder weg. Aber ich habs schon gehört.«

»Was«, stöhnte ich und sank auf einen Hocker.

»Alles.« Marcel lehnte sich über die Theke hinweg an mein Ohr. »Ziggy«, hauchte er, »du wilder Stier.«

Ich blinzelte in sein ergebenes rundes Gesicht. Schweißtropfen standen auf seiner glattrasierten Oberlippe.

»Ich bin Waage«, sagte ich.

»Sei nich so pessimistisch. Kann ich dir was Gutes tun?«

»Sei ich. Und bring dir 'n Espresso.«

Er spitzte die Lippen zu einem Schmatz. »Dein Sklave.«

»Wo ist eigentlich dein Schnauzer abgeblieben«, sagte ich.

»Geheimniiis.« Er hantierte an der Espressomaschine, der Chromklotz kreißte gewaltig, um ein Rinnsal schwarzer Brühe zu gebären. Marcel brachte mir die Tasse mit elegantem Hüftschwung.

»Hier, du wilde Waage. Der geht aufs Haus. Heut abend schon was vor?«

»Liegt was an?«

»Hmmm. Partiiie.«

»Hier?«

»Hmmm.« Er entblößte eine feiste Schulter. »Die feurige Marcella liest euch die Zukunft.«

»Verstehe. Dafür mußte dein Schnauzer dran glauben.«

»Der war sowieso fällig. Macht mich jünger, findste nich.«

»Hmmm. Und dicker.«

»Du bist uncharmant«, sagte er geziert. »Gar nicht typisch für Waagen.«

»Tja. Ich glaub eben nicht an Sternzeichen. Übrigens, hat Rick irgendwas über mich abgelassen? Ich meine, bin ich jetzt persona non grata oder sowas?«

»Quatsch. Bei mir jedenfalls nicht. Ehrlich gesagt, mich juckts manchmal auch in den Fingern. Aber man kann ja nicht immer, wie man will.«

»Gott sei Dank.«

»Pfui«, sagte Marcel. »Woran du gleich wieder denkst. Bei mir biste gut aufgehoben. Was ist mit heut abend?«

»Mal sehen, wos mich juckt.«

Ich ging nach Hause.

Kein Empfangskomittee diesmal – niemand hatte meinen Ausflug bemerkt, zumindest hatte sich niemand dran gestört. Ich war am Ende meiner Kraft. Und erleichtert. Es war wunderbar. Ich konnte tun und lassen, was ich wollte, ohne daß sich wer dafür interessierte. Ich hatte meine Spuren in Stefans Leben verwischt und damit genaugenommen den Zustand hergestellt, der der Realität entsprach. Und der allen Beteiligten gerecht wurde. Wer auch immer wollte, daß ich mich aus der Sache raushielt, hatte jetzt seinen Willen. Sogar den Bullen hatte ich einen Gefallen getan – sie konnten nicht mehr auf falsche Gedanken kommen. Ich fühlte mich mit allen versöhnt. Die Welt war wieder in Ordnung.

Nur das Erbrochene auf dem Fußboden erinnerte noch an die Geschichte. Säuerlicher Geruch hatte sich in der Wohnung ausgebreitet. Ich hob das Papier auf, das ich über die Pfütze gelegt hatte. Das meiste war aufgesogen, der Rest trocknete vor sich hin. Ich goß etwas Allzweckreiniger auf den Fleck und bürstete ihn aus dem Teppich. Dann öffnete ich sämtliche Fenster.

Ich hockte mich vor den Balkon, so daß ich über der Brüstung nichts als den Himmel sah, und genoß die Düfte und Geräusche der Stadt, die mit der warmen Luft hereingetragen wurden. Ich schloß die Augen. Einen tiefen Atemzug lang saß ich auf einem Felsen in der Brandung des Lebens, in sicherer Entfernung, um nicht von den Brechern erschlagen zu werden, aber doch in spürbarem Kontakt mit dem Ozean da draußen. Ich lauschte dem gleichmäßigen Summen. Ein kleines Hupkonzert flackerte auf wie Möwengeschrei. Es verebbte im Rauschen einer neuen Woge. Eine Sekunde absoluter Stille. Dann die nächste Woge.

Dann klingelte das Telefon.

Etwas schwindlig kroch ich zum Apparat und meldete mich.

»Schläfste deinen Rausch aus?« Es war Kalinka.

»Rausch«, sagte ich, als hätte ich das Wort noch nie gehört.

»Du klingst so.«

Ich räusperte mich. »Was gibts?«

»Gehts dir gut?«

»Interessiert dich das?« Als ich es ausgesprochen hatte, wußte ich, daß ich ein Idiot war. Ich hörte es an der Art, wie sie schwieg.

»Tut mir leid«, sagte ich.

»'n Freund von dir hat vorhin angerufen«, sagte sie kühl.

Ich erinnerte mich nicht, daß ich noch einen hatte. »Wer?«

»Keine Ahnung. Hat seinen Namen nicht genannt.«

»Na prima.«

»Ich weiß ja nicht, wen du im Suff so kennenlernst. Und was du denen alles erzählst. Er hat nach Miriam gefragt. Ob du dich um uns kümmerst. Um mich und Miriam. Und ...« Sie stockte.

»Was«, sagte ich tonlos.

»Und um deinen Haushalt.«

11

Ich lag auf dem Bett. Das Telefon stand neben dem Kopfkissen. Ich glotzte es an. Kalinka hatte aufgelegt, nachdem ich ihr von Arnie erzählt und wir uns eine Weile angebrüllt hatten. Ich hatte sie bekniet, sich mit der Kleinen fürs erste bei Miriam einzuquartieren. Sie war an die Decke gegangen. Ihre letzten Worte waren, daß sie sofort die Polizei einschalten würde.

Ich hatte versucht, sie nochmal anzurufen. Zuerst war besetzt, dann ging sie nicht mehr ran.

Wenn sie tatsächlich die Bullen holte, war es nur eine Frage von Minuten, bis die mich einsackten. Ich hatte alles, was sie brauchten. Kein Alibi, aber dafür Motiv, Gelegenheit und jede Menge Belastungszeugen. Und das Märchen vom großen Unbekannten, das mich als Verdächtigen erst so richtig interessant machte. Keine Großfahndung nach zwei bösen Buben, von denen einer einen Vollbart und der andere den Namen Arnie trug. Ganz bestimmt nicht.

Ich ging in die Küche, schnitt ein Stück Brot ab und stopfte es mir in den Mund. Ich kaute es, bis mir die Backen wehtaten. Ich schnitt noch ein Stück ab und kaute es noch gründlicher. Dann schob ich das Kinn vor. Fühlte sich an, als würde mächtig was dahinterstecken.

Ich nahm meine alte Jeansjacke vom Haken. Ewig nicht mehr getragen. Ich schüttelte den Staub aus und zog sie an. Sie kniff unter den Achseln. Das hatte sie schon immer getan. Vorne war sie ein bißchen eng, das war neu und lag am Bauch. Ich wühlte meine Jacketts durch. Das glitzernde Knallrote war genau richtig: schön auffällig und weit genug, um über die Jacke zu passen. Ich zog es über, steckte meine Sonnenbrille ein und ging.

Im *St. Olaf* dauerte es ungefähr zehn Minuten, bis ich Marcel breitgeschlagen hatte. Am Ende war er sogar entzückt. Als ich rauskam, trug ich meine Jeansjacke, die Sonnenbrille und Marcels blonde Reserveperücke. Die Verkleidung war heiß, aber gut. Jemand, der von irgendwo aus das *St. Olaf* beobachtete, hätte geschworen, daß Rod Stewart rausgekommen und ich immer noch drin war.

Rod Stewart fuhr zum Alex.

Während der Fahrt sortierte ich meine sparsamen Erkenntnisse. Es war, als hätte man Miriam zwei Legosteine zum Spielen gegeben: viel Gescheites war nicht draus zu machen. Sicher schien nur, daß es in dem Spiel außer mir und den Bullen noch mindestens zwei Parteien gab. Einmal die, die wollte, daß ich mich aus allem raushielt. Zweitens die, die mich reinzog, indem sie mir Stefan vor die Tür legte. Beide hatten irgendwas gegen mich. Wahrscheinlich hatten sie auch was gegeneinander, aber das nützte mir bis jetzt nicht viel. Immerhin war es ein Ansatzpunkt. Und dann gab es noch

Tino Gegenvogel. Der wußte noch nicht mal, daß Stefan tot war, konnte also keiner von beiden Parteien angehören. Vielleicht hatte er seine eigenen Steinchen. Daß er gar keine hatte, schloß ich aus. Er war Privatdetektiv, und wenn irgendwo was faul und und ein Privatdetektiv in der Nähe ist, hat er was damit zu tun. Fäulnis ist schließlich ihr Geschäft.

Wehenden Haars marschierte ich über den Alex zur Prenzlauer Allee und dann nach links. Ein rotgesichtiger Zweireiher war gerade dabei, das Bürohaus zu verlassen, das ersparte mir Klingel und Sprechanlage. Ich schaute mich im Foyer um. Der Tafel zufolge, die neben dem Fahrstuhl hing, lag Gegenvogels Büro im zweiten Stock. Ich nahm die Treppe. Ein breiter, luftiger Korridor in grau und hellgrün. Dunkle Holztüren: ein Architektenbüro, noch ein Architektenbüro, ein Damenklo, ein Männerklo. An der letzten Tür eine Messingplatte: *Tino Gegenvogel, Private Ermittlungen.* Ich klingelte. Nichts. Neben der Klingel hatte er ein Drahtkörbchen montiert, in dem seine Geschäftskarten auslagen. Auf den Dingern pries er seine Dienste auf deutsch , englisch und russisch an. Niedlich. Ich nahm eine mit, ging wieder runter und setzte mich auf die Stufe vor dem Eingang.

Gute Ideen haben eins gemeinsam: je besser sie sind, desto ärgerlicher ist es, wenn sie nicht funktionieren. Ich ärgerte mich und überlegte, ob ich noch mehr gute Ideen hatte. Schweiß troff unter der Perücke hervor. Ich fragte mich, was ich eigentlich über Stefan wußte. Niemand antwortete.

Zwei Leute kamen aus dem Haus. Ein gutgelauntes Pärchen, sie hatte sich bei ihm untergehakt, um besser mit den Hüften wackeln zu können. Ich dachte an Tinos dicken Hintern.

Ich zog die Perücke tiefer in die Stirn und machte mich auf den Weg zum Senefelderplatz.

Der Deckenventilator im *Herbarium* war inzwischen eine Drehung weiter. Die junge Beziehungskrise war wieder in ihre WG zurückgekehrt, die beiden Mädchen saßen immer noch über ihren Hausaufgaben. Die Kellnerin hatte sich auf einen Hocker hinter der Theke zurückgezogen und las stirnrunzelnd in einem dicken Buch. Es hieß *Die Enden der Parabel,* und ich markierte vorerst das Ende der Parabel, indem ich mich vor ihr aufbaute. Sie sah mich verschwommen an. Ich nahm die Sonnenbrille ab und schaute ihr hart in die Augen.

»Tag«, sagte ich. »Hat Stefan mal reingeschaut?«

Sie klebte sich eine Strähne hinters Ohr. »Nee.«

»Aha. Scheiße.« Ich zeigte mit der Sonnenbrille auf das Telefon hinter ihr. »Kann ich das mal benutzen.«

Wortlos folgte sie meinem Blick. Sie legte das Buch weg und stellte den Apparat rüber.

»Danke«, sagte ich. Ich klemmte mir den Hörer an den Hals, fischte Gegenvogels Karte aus der Tasche, ließ sie auf den Tresen schnalzen und wählte die Nummer, die draufstand. Dreimal Läuten, ein Knacken, und Gegenvogel leierte seine automatische Ansage runter.

»Arschloch«, sagte ich und legte auf.

Sie hatte die Visitenkarte inzwischen dreißigmal durchgelesen. »Wasn eigentlich los«, sagte sie.

»Tja«, sagte ich. »Anrufbeantworter.«

»Nee. Tino war ja vorhin ooch schon hier. Was wolltn ihr alle von Stefan.«

»Kennste Stefan gut?«

»Naja sicher. Deswegen wunder ick mir ja.«

»Hat dir Tino nichts erzählt?«

»Der erzählt nie was.«

»Kannste mal sehen. Geht mir auch nich anders.«

Sie nickte. »Auch son Privatheini, wa?«

»Privater gehts gar nich. Ehrlich gesagt, ich hab auch keinen Schimmer, was läuft. Die beiden haben wohl irgendne Sache aufgetan, die ihnen 'ne Nummer zu groß ist. Jedenfalls soll ich sie hier treffen.«

»'ne Nummer zu groß«, sagte sie skeptisch. »Was Politisches?«

Ich drehte die Visitenkarte zwischen den Fingern.

»Tschastnoe rassledowanie«, sagte ich und setzte ein schiefes Grinsen auf. Ein dicker Schweißtropfen quälte sich unter der Perücke hervor und rann mir zitternd über die Stirn. Sie verfolgte ihn mit großen Augen.

»Mann«, sagte sie. »Ick habs ja kommen sehen.«

Ich sah ihr ins Gesicht und wartete.

»Stefan is sowat von naiv. Der kommt sich ja schon vor wie aufm Mars, wenn er mal in Westen rübermuß. Und seit er für diese Firma arbeitet, nee. Laufbursche von 'nem Säufer und macht sich in die Hosen vor Respekt.« Sie verschränkte die Arme. »Und in was fürn Scheiß habt ihr ihn jetzt reingezogen?«

»Mußte Tino fragen.« Ich hielt die Sonnenbrille ins Licht und schaute prüfend durch. »Den würd ich mir selber gern zur Brust nehmen. Ich bin nämlich nicht zum Spaß hier.«

»Vielleicht versuchstes mal bei seiner Freundin. Irina Krüger. Tänzerin.« Sie schnaubte anzüglich. »Bei der ruht er sich um die Zeit öfter aus.«

»Tänzerin«, sagte ich. »Eine, die ihre Sachen anbehält?«

»War früher mal beim Fernsehballett. Naja. Hat wohl begriffen, daß man mit Abwickeln mehr verdient als ohne.«

»Adresse?«

»Weiß ich nich auswendig. Aber nicht weit von hier. Einmal Telefonbuch aufschlagen und du bist da.«

»Schön.« Ich steckte die Karte ein und schob mir die Brille auf die Nase. Sie betrachtete mich stirnrunzelnd.

»Ick kenn deine Sorte. Genau wie Tino. Angeber und Wichtigtuer. Und fällt dann doch nur auf die Schnauze. Aber tut mir einen Gefallen, ja? Laßt Stefan da raus. Der is nich aus dem Holz, in das man Kerben ritzt.«

»Tja«, sagte ich achselzuckend und zeigte auf das Buch, das sie bäuchlings auf die Theke gelegt hatte. »Wieviel Enden hat 'ne Parabel?«

»Na zwee«, sagte sie.

»Siehste«, sagte ich. »Und ich sitz am falschen.«

12

Ihr rechtes Auge sah mich durch den Türspalt an. Sie war etwas größer als ich, das Auge sah auf mich runter und blinzelte zweimal, ehe sie antwortete.

»Nee«, sagte sie. Ihre Stimme klang wie eisiger Rauch. Sie war ungefähr in meinem Alter, und die Nacht, die sie hinter sich hatte, schien mindestens genauso anstrengend gewesen zu sein wie meine.

»Irgendne Idee, wo er steckt?«

»Nee.«

Ich überlegte. Ich konnte unverrichteter Dinge abziehen und nach Hause fahren, schön.

»Kann ich 'n Moment reinkommen«, sagte ich.

Sie musterte mich. Dann nickte sie, nahm die Kette von der Tür und verschwand. Ich trat ein und folgte ihr in ein dämmriges Zimmer, in dem Klamotten über den Fußboden verstreut waren. Sie stand mit dem Rücken zu mir vor den halb zugezogenen Vorhängen am Fenster. Sie trug einen dunklen Kimono. Ihr Haar fiel knapp bis auf den Kragen, es war leicht gekräuselt und von ähnlich schmutzigem Blond wie meine Perücke.

»Hat er wieder Mist gebaut«, sagte sie.

»Wieso. Baut er öfter Mist?«

»Immer«, sagte sie und drehte sich um. Ihr linkes Auge war blutunterlaufen und geschwollen. Sie war ungeschminkt, aber das Veilchen hätte nicht besser plaziert sein können, um die Weichheit ihrer Gesichtszüge zu betonen. Gelassen sah sie mich an, vielleicht wartete sie auf einen Kommentar. Als ich nichts sagte, bewegte sie sich vom Fenster zu einer Kommode, nahm eine Zigarette, zündete sie an und inhalierte den ersten Zug bis in die Fußsohlen.

»Also«, blies sie den Rauch raus. »Was willste von ihm.«

»Ich hab 'n Problem.«

»Tino hat 'n Büro.«

»Da ist er nicht. Außerdem hat er wahrscheinlich selber 'n Problem.«

»Das wär nichts Neues.«

»Nur daß er noch gar nichts davon weiß.«

Sie fuhr sich mit dem kleinen Finger über die Unterlippe, bevor sie einen Zug nahm. »Ich wüßte nicht, wie ich dir da helfen könnte. Oder ihm«, fügte sie mit müdem Lachen hinzu.

»Er spricht wohl nicht viel übers Geschäft, was?«

Sie warf mir einen spöttischen Blick zu. Dann wandte sie sich ab und ging wieder zum Fenster.

»Gehört wohl dazu«, sagte sie. »Wie so vieles.«

»Also saufen, rumhuren und seine Frau verprügeln zum Beispiel.«

»Auch das«, sagte sie kalt.

»Und was wäre der übliche Mist, den er immer baut? Ich meine, hat er 'n Spezialgebiet oder sowas? Scheidung? Wirtschaft?«

»Ich bin seine Frau, nicht seine Sekretärin.« Sie drehte sich um. Die Zigarette tanzte ungeduldig zwischen ihren Fingern. »Was soll das. Wenn du ihn brauchst, red mit ihm selber. Kann sein, daß er gleich kommt. Oder du wartest, bis er in seinem Büro auftaucht.«

Seelenruhig starrte sie weiter aus dem Fenster, als wäre das das einzige, was sie für mich tun konnte. Ich sah mich nach einer Sitzgelegenheit um. Ein Stuhl lehnte nach hinten gekippt an der Wand, besetzt von einem Haufen Unterwäsche. Ich hoffte, daß es wenigstens saubere war, und näherte mich ihm vorsichtig.

»Kennst du Stefan Krepp«, sagte ich nebenbei.

Sie schaute mich über die Schulter an.

»Stefan«, lachte sie amüsiert. »Wie kommste denn auf den.«

»Kann es sein, daß Stefan Tino für irgendwas engagiert hat?«

Sie schüttelte den Kopf. »Man kann Tino nachsagen, was man will, aber bescheiden ist er nicht. Und soviel ich weiß, ist Stefan 'n armer Schlucker.«

»Vielleicht 'n Freundschaftspreis?«

»Nee«, schnaubte sie. »Den Freund mußte erstmal erfinden, für den Tino was umsonst macht. Außerdem, ich wüßte nicht, wofür Stefan ...« Sie beendete den Satz mit einer Handbewegung.

»Mhm. Aber die beiden sind irgendwie befreundet, ja?«

Sie ging rüber zur Kommode und schnippte zwei Zentimeter Asche in einen Aschenbecher. Sie betrachtete die Glut, dann sah sie mich an und lächelte.

»Jetzt kapier ich. Hinter Stefan biste her. Ist ja interessant. Was hat er denn ausgefressen. Der kann doch sonst kein Wässerchen trüben.«

Das Unschuldslamm. Das reichte mir allmählich.

»Stefan ist tot«, sagte ich. Ich fegte die Wäsche vom Stuhl, stellte ihn auf seine vier Beine und ließ mich drauffallen.

»Was?« Ihr blaues Auge zuckte.

»Ja, irgendwer hat ihm den Schädel eingeschlagen und jetzt ist die halbe Welt hinter mir her, dabei war er nur 'n beschissener Arbeitskollege von mir. Blöd, was?«

Sie und ihre Zigarette schüttelten den Kopf. »Aber ...«

»Das heißt, er muß seine Finger in irgendner faulen Sache dringehabt haben, und die wird jetzt mir angehängt. Und Tino weiß Bescheid, nehm ich mal an. Der ist nämlich auch hinter ihm her, und er weiß noch nicht mal, daß er tot ist. So ist die Lage.«

Ich verschränkte die Arme hinter dem Kopf. Sie drückte ihre Zigarette aus, schob den Aschenbecher beiseite und setzte sich auf die Kante der Kommode. Ein paar Haare fielen ihr in die Stirn. Sie stützte sich mit den Händen auf ihre Knie, die sich unter der seidigen Haut des Kimonos berührten, und aus dieser gebückten Haltung sah sie mich verstört, beinahe feindselig an.

»Ich kann wirklich nichts dafür«, sagte ich.

Ihr Gesicht entspannte sich etwas. Sie strich sich die Haare aus der Stirn, rechts, auf der Seite ihres heilen Auges.

»Daß Tino sich mal in irgendwas reinreitet, war abzusehen«, sagte sie rauh. »Aber um Stefan tuts mir leid. Er war doch total ... harmlos. Hab mich sowieso immer gewundert, was der an Tino findet. Sie kannten sich, glaub ich, aus der NVA. Tino war Unteroffizier.«

Ich betrachtete ihre hübschen Füße.

»Wer harmlos ist, ist selber schuld«, sagte ich. »Die erwischts als erstes. Schau mich an. Ich häng schließlich auch mit drin. Und ich bin auch harmlos.«

Ich zog mir die Perücke vom Kopf. Der Schweiß, der sich darunter gehalten hatte, rann mir in Bächen übers Gesicht. Meine Haare waren klatschnaß, ich strich sie nach hinten und schüttelte mich. Sie beobachtete mich regungslos. Ich legte die Perücke auf meinen Schoß.

»Stefan wollte mir vor seinem Tod noch was erzählen«, sagte ich und wischte mein Gesicht an den Ärmeln der Jeansjacke trocken. »Ich wünschte, ich hätte ihm zugehört. Ehrlich gesagt, ich konnte ihn nicht ausstehen.«

Sie fuhr sich über die Unterlippe. Dann richtete sie sich langsam auf. Sie ging aus dem Zimmer, ohne mich anzusehen. Ich hörte im Flur eine Tür. Gleich darauf kam sie mit einem weißen Handtuch über der Schulter zurück, hielt auf der Schwelle an, die Hände hinter dem Rücken, und lächelte unerwartet.

»Tolle Verkleidung«, sagte sie heiser.

»Bißchen lästig«, sagte ich.

Sie behielt die Hände auf dem Rücken, während sie zwischen den verstreuten Kleidungsstücken hindurch auf mich zuschlich. Einer meiner Halsmuskeln begann zu zucken. Sie sah mir gelassen in die Augen. Unmittelbar vor mir blieb sie stehen, so nah, daß sich unsere Schienbeine berührten. Sie nahm das Handtuch und legte es mir auf den Kopf. Langsam fing sie an zu reiben.

Ich sah nichts, aber sie mußte sich noch weiter über mich gebeugt haben, ich spürte ihre Schenkel links und rechts an meinen Beinen. Angst und Erregung durchliefen mich, während sie sanft meinen blinden Kopf bearbeitete. Etwas drückte sich weich an mein Gesicht. Dann waren ihre Hände plötzlich weg. Ich hörte seidiges Rascheln. Ich war zu keiner Bewegung fähig. Ihre Hände kamen zurück. Sie rieb weiter über mein Haar, aber so, daß das Handtuch nach hinten rutschte und mein Gesicht freigab. Ich sah, daß sie den Kimono geöffnet hatte. Drunter trug sie nichts. Sie ließ sich rittlings auf meinem Schoß nieder. Dann warf sie das Handtuch weg. Sie packte mich an den Ohren und küßte mich. Ihre Zunge flatterte heiß zwischen meinen Lippen. Ich stöhnte. Ich legte meine Arme um ihre Hüfte und streichelte ihren Hintern unter der Seide des Kimonos. Ihre Lippen lösten sich von meinen. Einen Moment lang sah sie mich mit weit aufgerissenen glänzenden Augen an.

Dann ließ sie meine Ohren los und packte meine Arme.

»Setz die Perücke auf«, flüsterte sie.

Sie saß drauf. Sie keuchte mir ins Ohr, als ich das Ding zwischen ihren Beinen hervorzog. Es war zerdrückt, und ich war zu erregt, um hinten und vorne unterscheiden zu können, aber das schien keine Rolle zu spielen. Ich stülpte mir die Pracht irgendwie über den Kopf, sie half mir und teilte die Haare vor meinem Gesicht und hauchte mir ihren heißen Atem in den Mund. Dann glitten ihre Hände nach unten und machten sich an den Knöpfen meiner Hose zu schaffen. Ungeduldig riß sie sie mit einem Ruck auf. Ihre Finger zwängten sich durch den Schlitz. Panisch fummelte ich an den Taschen meiner Jacke, bis mir einfiel, daß es die falsche war. Die Lederjacke lag zu Hause, samt Inhalt.

»Ich hab keine Gummis dabei«, keuchte ich. Sie knurrte was, ich verstand nichts, ich spürte, daß sie mich hochzuziehen versuchte. Ich stemmte mich ihr entgegen, aber sie wollte mich nur vom Stuhl hochkriegen, um mich auf den Boden sinken zu lassen. Natürlich war ich zu schwer für sie, und wir plumpsten zusammen runter. Sie lachte kurz und heiser, dann hing sie über mir und küßte mich. Mit einer Hand wühlte sie in der Perücke, mit der anderen nahm sie meine Hand und schob sie sich zwischen die Beine. Um meinen Hosenstall kümmerte sich niemand mehr, aber das fiel mir viel zu spät auf. Sie drückte meine Finger in sich rein, dann packte sie mein Knie und zog es nach und preßte ihre Schenkel zusammen, sie flüsterte und stöhnte, ihr Körper vibrierte, meine Finger faßten unwillkürlich zu, sie schrie.

Dann wurde es naß.

Sie war von mir runtergerollt und lag auf dem Rücken, die Arme in einen Klamottenhaufen hinter ihrem Kopf gewühlt. Allmählich beruhigte sich ihr Atem. Sie hatte das Gesicht abgewandt. Bei mir hatte sich längst alles beruhigt. Ich betrachtete meine klebrige Hand.

»Wo ist hier das Bad«, sagte ich und stand auf. Sie zog eines ihrer feingeschwungenen Beine an und zeigte mit dem Fuß zum Flur. Das Bad lag hinter der nächsten Tür, eine rosagekachelte Naßzelle. Über einem sauberen kleinen Waschbecken hing ein zweiteiliger Spiegelschrank. Ich wusch mir die Hände. Ich wusch sie sehr gründlich und sah mich dabei im Spiegel an. Ich überlegte, wie lange es her war, daß Kalinka und ich übereinander hergefallen waren. Das Gesicht im Spiegel schaute ratlos zurück, es schien mich nicht zu kennen. Irgendwie hatte ich das Gefühl, daß es auf Kalinkas Seite stand. Ich schüttelte die Hände, trocknete sie ab und knöpfte meine Hose zu. Dann zog ich mir die Perücke vom Kopf. Ich kramte die Zigarettenschachtel aus der Jacke. Als ich mir eine in den Mund stecken wollte, roch ich Irinas Duft, der immer noch an meinen Fingern klebte. Ich legte die Zigarette auf den Rand des Waschbeckens und wusch mir nochmal die Hände. Dann öffnete ich den Schrank, links Irinas Schminkzeug, rechts fand ich ein Fläschchen Rasierwasser. Ich goß mir ein paar Tropfen über die Finger. Als ich das Fläschchen zurückstellte, sah ich, daß dahinter an der Rückwand des Schranks ein Stück Papier lehnte. Ein Briefumschlag, zerknittert und vergilbt. Er war leer. Die Adresse in ungelenker Blockschrift, Absender stand keiner drauf. Egal, vermutlich sowieso alles nicht mehr wahr: der Poststempel war von 1951.

Ich steckte den Umschlag ein, setzte die Perücke auf und ging in den Flur zurück. Von Irina kein Laut. Ich zögerte. Peinliche Abschiedsszene. Andererseits wußte sie vielleicht was über den Brief. Dann hörte ich ein leises Röcheln. Ich erschrak und ging auf das Zimmer zu. Wieder das Röcheln, ich blieb stehen und langte mir an die Stirn, als mir klar wurde, was es wirklich war.

Sie schnarchte.

13

Klara Bock
Kiefholzstr. 3
1 Bln.- Treptow

Scheißtag für jemand mit Abitur: schon der zweite Brief, den ich nicht lesen konnte. Der an den lieben Otto steckte zu Hause in der Lederjacke und hätte genausogut auf chinesisch sein können. Der hier steckte sonstwo und hätte damit auch auf chinesisch sein können. Zumindest hatte ich den Umschlag und konnte rauskriegen, wer Klara Bock war. Ich ging runter zum Alex, sah mir den Stadtplan an und stieg in die S-Bahn. Eine öde viertelstündige Fahrt durch rostgraues Ostberliner Industriegebiet bis zu den Ausläufern des Treptower Parks, ich lief durch ein paar Straßenzüge und stand vor dem Haus, das ich suchte. Im Nachbarhaus gab es einen Zeitungsladen. Ich kaufte eine Tüte, nahm die Perücke ab, steckte sie rein und ging zurück.

Da stand tatsächlich *Bock* an einer der Klingeln. *Bock,* sonst nichts, in der Leiste, die zum Seitenflügel gehörte. Ich klingelte, und fast sofort sprang die Tür auf – eine prompte Antwort aus der Vergangenheit, die seit Jahrzehnten nur auf meine Frage gewartet zu haben schien. Das rauhe alte Papier des Umschlags wellte sich sehr real zwischen meinen Fingern in der Hosentasche. Antworten.

Als ich den Seitenflügel betrat, hörte ich, daß jemand von oben schnell die Treppe runterkam. Ich spähte zwischen den Geländerstäben hoch, sah aber nur einen flatternden bunten Ärmel. Ich ging weiter. Das hektische Getrappel brach ab, als es den Treppenabsatz über mir erreichte. Ich bog um die Ecke. Eine Frau stand oben und starrte mir fassungslos entgegen. Ihr farbloses Haar, kurz und dauergewellt, vibrierte, während sie nach Luft schnappte. Sie trug eine Schmetterlingsbrille, eine schreiend gelbrot geblümte Bluse, Schneejeans und Stiefeletten. Sie war vielleicht Anfang vierzig. Ein Bild des Jammers.

Ich war stehengeblieben.

»Sie ... wer ... was wollen sie«, japste sie.

»Frau Klara Bock«, sagte ich ruhig, »wohnt die hier?«

»Was ... wollen Sie von uns ... was ... haben Sie ...« Zähnefletschend schloß sie die Augen, und mir schwante, daß sie zu irgendwas Lautem ansetzte. Die Türen links und rechts sahen aus, als würden innen Ohren drankleben. Ich ergriff die Flucht nach vorn. Ruhig, aber unaufhaltsam stieg ich weiter die Stufen zu ihr hoch.

»Sind Sie verwandt? Mit Frau Bock meine ich.«

»Mein Mann ...was wollen Sie?«

»Ich hab nur 'n paar Fragen.«

»Wo ist er ...«

»Wer.«

»Mein Mann ...«

Sie sah mich händeringend an, als ich neben ihr stand.

»Ach so.« Ich nickte. »Na, wolln wir nicht erstmal raufgehen.«

»Ja«, krächzte sie und blinzelte ängstlich hinter ihrer Brille.

Die Wohnung, zwei Treppen höher, war hauptsächlich in Braun gehalten und sehr sauber. Das Wohnzimmer wurde von einer viel zu großen erdnußfarbenen Sitzgruppe beherrscht. Ich setzte mich auf einen der Sessel, nachdem die Frau mich unter angsterfüllten Blicken mehr oder weniger freiwillig reingelassen hatte. Sie saß mir gegenüber auf der Couch, rang sich die Hände aus den Gelenken und wartete auf irgendwas.

»Naja«, sagte ich und schaute mich um. Der Raum war gleichmäßig mit Häkeldeckchen ausgestattet. »Sind Sie Frau Bock?«

Sie nickte. Ich zog den Briefumschlag raus und strich ihn auf dem Tisch glatt.

»Sagt Ihnen das was?«

Sie warf nur einen kurzen Blick drauf. »Meine Schwiegermutter … sie, sie war die Mutter von meinem Mann.«

»Aha. Sie lebt also nicht mehr.«

Sie schüttelte den Kopf, den Tränen nahe. »Vor vier Monaten gestorben. Vierundsiebzig. Und jetzt ist mein Mann weg … Ich glaub, es hat was damit zu tun.« Sie tippte auf den Umschlag. »Ich hab die Polizei angerufen und die Krankenhäuser …«

»Langsam«, sagte ich. »Sie kennen den Brief also.«

»Weiß nicht, es war schon mal jemand da deswegen und jetzt ist mein Mann weg«, stammelte sie. »Und der junge Mann gestern …«

»Hier? So 'n kleiner Dicker?«

»Nein, der war ganz dünn, er hieß Klepp oder so ...«

»Und was wollte der?«

Sie fing an zu heulen. »Aber da war Kurt ja schon weg«, schluchzte sie und legte die Hände vors Gesicht.

»Kurt ist Ihr Mann, ja?«

Sie nickte. »Da kam son Anruf gestern, ich glaub, es war wieder wegen dem Brief, und Kurt sollte sich mit wem treffen, er hat was von Geld gesagt und dann ist er gegangen und dann kam dieser Junge und war ganz aufgeregt ...«

»Wieso aufgeregt«, sagte ich und versuchte, ruhig zu bleiben.

»Wegen dem Anwalt.« Zittrig nahm sie die Brille ab und fummelte ein gebrauchtes Papiertaschentuch aus der Hosentasche. Sie schneuzte sich, dann wendete sie das Taschentuch, tupfte sich mit einer trockenen Ecke die Augen und steckte es wieder ein. Tränenblind sah sie mich an.

»Anwalt«, sagte ich.

»Weiß ich ja nicht. Hab ich mir halt gedacht, daß es der wieder ist.«

»Wie heißt der?

»Weiß nicht.«

»Also der war schon mal hier.«

Sie nickte. »Letztes Jahr. Da hat meine Schwiegermutter noch gelebt.«

»Und es ging um diesen Brief?«

»Ja«, sagte sie unsicher. »Der, dieser Anwalt hat sehr lange mit Kurt geredet, und Kurt hat das dann mit Klara erledigt und ich weiß nicht ... der hat ihn dann wohl mitgenommen, den Brief.«

»Wissen Sie, was drinstand?«

»Wieso …« Sie schielte nach dem Umschlag.

»Der ist leider leer«, sagte ich. »Also nochmal, dieser Anwalt ist letztes Jahr aufgetaucht und hat Ihnen den Brief abgeschwatzt, und gestern hat er wieder angerufen und wollte Ihren Mann treffen.«

»Hmmm«, piepste sie.

»Und seitdem ist Ihr Mann verschwunden.«

Sie nickte und begann wieder zu heulen.

»Wann war das gestern ungefähr?«

»So um halb sechs. Der Anruf. Und um sechs isser weg.«

»Er hat nicht gesagt, wo er hinwollte?«

Sie schüttelte den Kopf. Dann schaute sie mich verschämt an und unterdrückte die Tränen. »Hab ich aber gehört beim Telefonieren. Ehrenmal.«

Ich stand auf und ging zum Fenster. Es blickte freudlos auf den Hinterhof. »Und Stefan? Der junge Mann, der danach hier war? Was wollte der?«

Sie setzte die Brille auf und musterte mich verstört. »Ist das ein Freund von Ihnen?«

»Kollege.« Ich kratzte mich zwischen den Beinen. »Schaun Sie, wenn ich wüßte, worums in der Sache geht, könnte das vielleicht helfen, Ihren Mann zu finden.«

»Sind Sie von der Polizei?«

Ich hielt einen Zeigefinger vor die Lippen. »V-Mann«, sagte ich ernst. »Sie haben doch angerufen, nicht.«

»Jaja. Aber Sie haben doch gesagt, Sie können nichts …«

»Wir ermitteln verdeckt. Wirkt 'n bißchen geheimnistuerisch, ist aber saumäßig effektiv. Also, was hat mein Kollege gestern gesagt.«

»Na, der wollte Kurt sprechen«, sagte sie weinerlich. »Er

hat gesagt, daß Kurt in … in … großer … Gefahr …« Der Rest ging in einem Heulkrampf unter.

»Und? Haben Sie ihm erzählt, was Ihr Mann vorhatte?«

Sie nickte und erschrak. »War das falsch?«

»Neenee, genau richtig.« Ich setzte mich wieder. »Mein Kollege wird ihm dann wohl gefolgt sein, was.«

Sie nickte. »Er war ganz aufgeregt.«

Ich überlegte, wie ich mich aus dem Staub machen konnte, ohne sie in Panik zurückzulassen. Die wahrscheinlich angebracht war. Einfallslos ließ ich meinen Blick über die Häkeldeckchen schweifen.

»Der andere war auch hier«, sagte sie plötzlich.

»Wer.«

»Dieser kleine Dicke, von dem Sie vorhin …«

»Gegenvogel«, fuhr ich hoch. »Wann.«

»Vogel, ja«, sagte sie verwirrt. »Am Freitag. Freitagabend. Nach der Tagesschau. Ich hab ihn noch nie vorher gesehen, er war so ein Detektiv glaub ich und dann hat er mit meinem Mann geredet …«

»Und Sie haben natürlich nicht mitgekriegt, um was es ging«, brüllte ich.

Sie heulte. »Er hat mich doch rausgeschickt …«

»Schon gut.« Ich stand auf. »Mal sehen, mal sehen. Könnte 'n gutes Zeichen sein. Machen Sie sich keine Sorgen, wir melden uns.«

»Aber wieso, bitte, was ist denn mit Kurt«, schluchzte sie und nahm die Brille ab, um die Tränen fließen zu lassen.

Ich schnappte meine Tüte, und während sie in ihrer Hosentasche nach dem aufgeweichten Taschentuch wühlte, schlich ich zur Tür und sah zu, daß ich rauskam, Panik hin oder her.

Zum Ehrenmal waren es nur ein paar Minuten zu Fuß. Auf dem Weg überschlug ich, was gestern abend passiert war. Stefan war kurz nach sechs bei Bock gewesen und dann wahrscheinlich gleich zum Ehrenmal gegangen. Oder gefahren: sein Auto fiel mir ein, das irgendwo in der Stadt rumstehen mußte, ein himmelblauer Trabant, auf den er furchtbar stolz war – ich erinnerte mich nicht, ihn vorhin in der Metzer Straße gesehen zu haben. Kurz nach halb sieben hatte Stefan mich angerufen, nachdem er es zuerst bei Kalinka versucht hatte. Kalinka … und dann sein Auftritt im *St. Olaf*. Danach hatte ihn jemand ausgeknipst. Und alles drehte sich um diese Briefe. Von denen ich immerhin einen zu Hause hatte. Langsam dämmerte mir, daß das meine Chancen, mich aus dem Zirkus rauszuhalten, nicht gerade verbesserte.

Ebenso langsam ging ich unter dem Triumphbogen durch und über den schattigen Weg, der von der Straße zum Vorplatz des Ehrenmals führte. Ich umrundete das Denkmal der sowjetischen Mütter. Vor mit ragten die beiden Zacken hoch, die den Durchgang zur eigentlichen Gedenkstätte bilden, weit dahinter zwischen ihnen die Kuppel mit dem Krieger unter dem blauen Bogen des Himmels. Eine kleine weiße Wolke, die einzige weit und breit, hatte sich vor die Sonne geschoben, und während alles andere etwas blasser als vorher aussah, schienen die weißen Reihen der Gedenksteine umso heller zu leuchten. Ich war lange nicht mehr hier gewesen, ich hatte nicht mal gewußt, daß es noch existierte. Aber es war unversehrt und, soweit ich sah, sogar von Sudeleien verschont geblieben, obwohl es nicht mehr bewacht wurde.

Ich ging denselben Weg zurück und fand nichts, was auf ungewöhnliche Vorgänge hätte schließen lassen – keine Blutlachen, keine Eisenstangen, keine Leichen. Das hieß gar nichts. Ich stellte mich an die Straße, wartete auf den Bus und ließ mich über die schattige Puschkinallee zum Schlesischen Tor schaukeln, stieg in die U-Bahn und fuhr zum Kottbusser Tor. Ich machte nochmal den Umweg über das *St. Olaf*, um die Perücke loszuwerden.

»Hoppla«, sagte Marcel und leckte sich den Schweiß von der Oberlippe. Ich schob ihm die Tüte über den Tresen. Er schüttelte den Kopf.

»Ziggy, du siehst aber gar nicht gut aus, was denn los.«

»Marcel«, sagte ich müde, »manchmal biste echt 'n Schatz.«

»Wenn ich dir irgendwie ...«

»Schon gut«, sagte ich und stolperte wieder raus in die explodierende Nachmittagshitze. Marcel rief mir irgendwas nach, wahrscheinlich wegen des Jacketts, das noch bei ihm lag, aber nichts in der Welt hätte mich dazu gebracht, nochmal umzukehren. Mir war grundschlecht. Ich schwamm irgendwie über den Oranienplatz, kämpfte mich die Treppen zu meiner Wohnung hoch und schloß mit klammen Fingern auf. Abgestandene Luft flutete mir entgegen. Ich trat ein, von kaltem Schweiß überzogen, in Gedanken bereits unter der Dusche. Im Bad brannte Licht.

Ehe ich mich darüber wundern konnte, passierte etwas noch Komischeres.

Es kam von hinter der Tür. Es mußte da auf mich gewartet haben, dachte ich für einen Sekundenbruchteil und versuchte mich umzudrehen. Aber es war schon gelandet, irgendwo hinter meinem rechten Ohr. Plötzlich sprang mir der Fußboden entgegen. Ich spürte nicht mehr, wie es mich traf.

14

Mmmmmmmmmmmmmmmmmmmmmmmmmmmmmmmm mmmmmmmmmmmmmmmmmmmmmmmmmmmmmmmm mmmmmmmmmmmmmmmmmmmmmmmmmmmmmmmm mmmmmmmmmmmmmmmmmmmmmmmmmmmmmmmm kabumm bumm bumm mmmmmmmmmmmmmmmmmm schwarz schwarz mmmmmmmmmmmmm schwarz mmmm-mmmmmmmm Licht schwarz schwarz mmmmmmmmm-mm schwarz mmmmmmm bumm Licht mmmmmmmm Bad Licht mmmmmmmmmmmmmmmm schwarz bumm Boden mmmmmmm schwarz bumm mmmmmm Bad mmmmmmmmmmmmmmmm rechts hinten bumm mmmm-mmmmmmmmm Vorsichtvorsichtvorsicht Tür mmmmmm hinten bumm Boden mmmmmm hinten bumm Boden hinten bumm Boden mmmm genau mmmmmm vorsicht hinten bumm Boden mmmm Licht mmmm wieso mmmm wieso Licht mmmmmmmm klick rrrratsch mmmmmm wieso mm-mm Arm mmmm wieso Arm rrratsch mmmmm kalt mmm bumm mmmmmm wieso Licht wieso Arm mmm schwarz-schwarzschwarz mmmm nee mmmm Licht Bad Moment Handgebumm mmmmmm Gelenk mmmm kalt hart Handgelenk mmmmmmmmmmmmmm Schatz manchmal echt bumm mmmmm Bullen Bullen Bullen hinten Kalinka nicht Polizei einschalten klick bumm Kalinka manchmal biste echt 'n wieso Kalinka im Bad mmmmmm nichts an nur 'ne Perücke Licht wieso mmmmmm Perücke Marcel Cognac noch 'n Cognac im Bad mit Kalinka vorsicht mmmmmm hinten Arm hinten hinten kalt Kalinka das ist mein Arm Vorsicht mmmm nicht die Bullen wieso Kalinka nicht einschalten die Bullen nicht einschalten im Bad Licht aaaah jetzt mmmmm mehr Licht aaah Licht Ja Kalinka ohne was an wieso im Bad Kalinka vorsicht im Spiegel der Kalinka der Brief im Spiegel lach nicht der Brief im Spiegel sie hat ja nichts an völlig nackt Cognac jetzt nicht Kalinka der Brief der Brief da im Spiegel was macht sie zwischen ihren Beinen jetzt nicht Kalinka nimm die Finger da raus oh Gott Scheiße was was was tut sie was zieht sie da raus rot glitschig aber Papier der Brief der liebe Otto Kalinka der liebe Otto sie lacht wieso paß auf sie holt den Otto raus sie lacht lacht lacht lacht lacht ihre weißen Zähne aber Otto vorsicht hinten Otto mit der Eisenstange alles Licht alles weiß der liebe Otto mit der Eisenstange im Bad und lacht und langsam langsam mein Arm hinten klick rrratsch Otto mit der Eisenstange wieso ich nicht bitte nicht die Eisenstange nicht die Eisenstange wieso Ziggy da hinten ich nicht der da hinten auf dem Boden hinten bumm Boden Otto lacht Kalinka lacht weiß weiß weiß die Eisenstange langsam hoch langsam hoch da hinten Ziggy alles hoch langsam nach oben eins zwei siebzehn Fahrstuhl ja Paris da oben das Weiße das ist der Himmel ich bin die Musik nach oben langsam hundert Ziggy Vorsicht Paris langsam nach oben Fahrstuhl zum Otto Kalinka wo bist du Otto mit der Eisenstange Ziggy paß auf die Eisenstange hoch über dem Kopf Paris Musik der Himmel und dann runter Kopf Eisenstange Kopf Eisenstange Kopf Eisenstange Kopf Eisenstange Kopf Eisenstange Ketchup alles rot Kopf Eisenstange Ketchup Ketchup Ketchup wie im Film nur echt alles echt kein Film keine Bullen Kalinka wieso keine Bullen da stimmt was nicht Ziggy da hinten aber hier ist der Boden und wo ist Paris mein Kopf aaaaaaah mein Kopf Kalinka du hast doch angerufen verdeckte Ermittlung Blödsinn wo sind die Bullen hier nicht nur Ketchup aber schwarz ja schwarzes Ketchup in mir hoch von unten und heller ich der Boden ich lieg hier aufm Boden das ist mein Teppich Dreck mal wieder da war was hinter der Tür nicht Otto die Bullen meine Augen mein Kopf was ist los die Arme bewegen nein hart an den Gelenken mach ich jetzt die Augen auf ja das wackelt ha Cognac jetzt und was ist das Schuhe Hose weiß und da oben weiß und na hör mal grün weiß und grün und schwimmt Augen zu Augen auf das kennen wir doch Augen zu kann doch wohl nicht wahr sein Augen auf und dann sieh mal einer an.

15

»Sieh mal einer an«, stöhnte ich. Weiße Hose, breitbeinig vor mir aufgepflanzt, darüber ein grünes T-Shirt, über dem der feiste Kopf von Tino Gegenvogel thronte. Grinste, noch leicht verschwommen, auf mich runter. Ich lag auf der Seite. Ich versuchte mich zu bewegen. Ging nicht, meine Arme waren hinter dem Rücken festgeschweißt, Handschellen. In den Beinen Pudding. Riesengroß quer vor mir der Prügel, den ich für den Verteidigungsfall immer hinter der Wohnungstür lehnen hatte. Mit dem hatte er mich also erwischt. Seltsames Gefühl, auf die Art zu erfahren, daß er was taugte. Ich hatte ihn noch nie eingesetzt.

Gegenvogel bückte sich wortlos, packte mich an den Schultern und schleifte mich vom Flur ins Zimmer. Ließ mich fallen, sah sich um, dann faßte er nochmal an und lehnte mich mit dem Rücken ans Südende meines Betts. Er setzte sich breitbeinig auf die Kante meines Sessels, Ellbogen auf den Knien, den massigen Kopf vorgeschoben. Er grinste nicht mehr, sondern schürzte nachdenklich die Lippen.

»Bevor du mich sowieso gleich fragst«, sagte er. »Es war die Zigarette.«

»Hä.«

»Die du bei Irina aufm Waschbecken liegengelassen hast. War nämlich nich ihre Marke.«

»Schade«, ächzte ich. »Hatte den Eindruck, sie wär offen für Experimente.«

»Das war dumm. Ohne die Kippe hätt ich erstmal nichts gemerkt.«

»Da hab ichs mit 'nem richtigen Detektiv zu tun, was.«

»Daß wir uns recht verstehen.« Er stemmte sich hoch, kam rüber und schlug mir ohne Anlauf die rechte Faust ins Gesicht. Schmerz schoß mir in den Wangenknochen, und ich sah alles um mich herum dreifach. Die drei Gegenvögel schoben sich wieder zu einem zusammen, während sie zum Sessel zurückgingen und sich in derselben Haltung wie vorher setzten.

»Das war für Irina«, sagte der, der übrigblieb.

Ich sog Luft durch die Zähne. »Bei ihr war wohl kein Platz mehr für noch 'n Veilchen.«

»Platz findet sich immer«, sagte er zu seiner Faust. »Deswegen stell ab jetzt besser ich die Fragen.«

Ich schloß die Augen. »Du kannst mich mal.«

»Was war mit Stefan. Fakten, Daten, Hintergründe.«

»Frag die Bullen.«

Er sah mich mit wässrigen blauen Augen an.

Seine Faust sprang auf und schloß sich wieder.

»Außer daß ihn irgendwer ausgerechnet vor meiner Haustür umgelegt hat, hab ich mit dem ganzen Scheiß nichts zu tun«, stöhnte ich.

Er nickte. Dann langte er in seine Gesäßtasche und hielt mir zwei zerknitterte Stücke Papier entgegen. Ich erkannte den Brief, den ich bei Stefan gefunden hatte, und den Umschlag, der an Klara Bock adressiert war. Er hatte mich gefilzt, während ich weggetreten war. Dann sah ich, daß die Lederjacke mit gewendeten Taschen auf dem Boden lag.

»Scheiße«, sagte ich.

»Genau«, meinte er bedauernd.

»Hab ich zufällig gefunden. Ich war in seiner Wohnung. Und woher ich den Umschlag habe …«

»Ich will mal nicht nachtragend sein.« Er ließ den Umschlag zwischen seine Füße fallen. Dann faltete er bedächtig den Brief auseinander. »Bleiben wir erstmal bei dem hier. Wer hat dich geschickt. Strasser?«

»Nie gehört.«

Er sprang auf und war mit zwei schnellen Schritten über mir. Ich wußte, was kommen würde, und es kam trotzdem überraschend. Diesmal sah ich nichts dreifach. Ich sah sekundenlang überhaupt nichts mehr. Als ich die Augen öffnen konnte, saß er bereits wieder und tippte sich mit dem Brief auf die Faustknöchel.

»Wer hat dich geschickt.«

»Niemand«, ächzte ich. »Ich war in Stefans Wohnung, Sachen abholen, dabei hab ich den Brief gefunden. Weiß nicht mal, was drinsteht, ich kann die Schrift nicht lesen.«

Er schüttelte den Kopf und blickte auf seine Faust.

»Ich hab Zeit. Und viel Geduld.«

»Ich kenn keinen Strasser. Wer soll das sein. Vielleicht der Anwalt, dem du den anderen Brief geklaut hast?«

»Aha«, sagte er fröhlich.

»Ich hab mit der Bock geredet. Ein Anwalt war hinter dem Brief her und hat ihn auch gekriegt. Den Umschlag hab ich bei dir gefunden, also ist klar, wie du da drangekommen bist.«

»Schlaumeier. Kannst ja richtig denken.«

»Hab sogar mal studiert.«

Er grunzte und sah sich um. »Studentenbude, hm? Na dann. So hab ichs mir immer vorgestellt.«

»Mein Haushalt geht dich 'n Scheißdreck an. Hab dich nich eingeladen. Sagt dir der Name Arnie was?«

Er schüttelte den Kopf.

»Der Laufbursche von irgendwem«, sagte ich. »Vielleicht von deinem Strasser, keine Ahnung.«

»Und?«

»Der war nämlich auch hier und hat gemeckert. Meckern kann jeder. Aufräumen will keiner. Außerdem wollte er, daß ich mich raushalte.«

Er grinste hämisch. »Haste aber nicht gemacht.«

»Hab ich wohl. Aber um mich rauszuhalten, muß ich erstmal wissen, wo raus. Deswegen wär ich ja freiwillig zu dir gekommen. Ich hab dich gesucht, falls Irina dir das nicht gesagt hat.«

Das gab ihm zu denken. Sein feistes Gesicht legte sich in Falten. Er rieb sich die Nase, bis es wieder glatt war.

»Eben. Wie biste überhaupt auf mich gekommen. Was hat dir Stefan erzählt.«

»Nichts. Ich war heute Mittag in seiner Wohnung, als du geklopft hast. Ich bin dir zu deinem Büro gefolgt, das ist alles. War nicht so schwer«, sagte ich und grinste meinerseits. Ich versuchte, meine Arme in eine weniger schmerzhafte Position zu bringen und schrie fast auf. Die Handschellen schnürten mir die Gelenke zu, mehr als ein leises Klirren war ihnen nicht abzuringen. Gegenvogel beobachtete mich zufrieden.

»Na jetzt bin ich ja hier«, sagte er. »Kannst mir dein Herz ausschütten. Fakten, Daten ...«

»... Hintergründe, leck mich am Arsch. Ich wollte was von *dir* hören.«

»Sieht aber nicht gut aus.« Er musterte genüßlich mein linkes Auge. Es tat schon weh, wenn er nur hinschaute.

»Die Lage hat sich 'n bißchen geändert«, sagte ich. Er lachte. Ich ignorierte es. »Heute Mittag wußte ich nur eins mit Sicherheit. Daß du nicht weißt, daß Stefan tot ist. Zugegeben keine großartige Basis. Inzwischen ist einiges passiert.«

Seine Schweinsaugen starrten mich an.

»Überhaupt ist einiges passiert«, setzte ich drauf.

»Schieß schon los«, sagte er gutmütig und knetete seine rechte Hand. »Spann mich nicht so auf die Folter.«

»Über Stefan weißte ja nun Bescheid. Dieser Brief scheint für irgendwen ziemlich wichtig zu sein. Mir sind sie auch schon auf die Pelle gerückt, weil sie denken, ich weiß was. Kannste dir ausrechnen, daß du auch auf der Liste stehst. Wie kommst du überhaupt an die Sache, hat dich Stefan angeheuert?«

Er schwieg.

»Na schön«, sagte ich. »Auf jeden Fall hängst du mit in der Scheiße, das ist dir doch klar. Wir sitzen im selben Boot.

Irgendwer ist hinter den Briefen her, und jeder, der damit zu tun hat, trägt seinen Kopf praktisch schon unterm Arm. Wir haben vielleicht 'ne Chance, wenn wir zusammenarbeiten.«

Er lehnte sich zurück und faltete die Hände vor dem Bauch. »Und wie?«

»Angenommen, dieser Strasser hat Stefan erledigt. Zusammen wissen wir vielleicht genug, um damit zu den Bullen zu gehen.«

»Verstehe«, sagte er. »Was gibts denn noch, was ich wissen sollte.«

»Einiges. Und ich wüßte auch gern was. Zum Beispiel, worums in dieser Briefgeschichte überhaupt geht.«

Wir starrten uns eine Weile an. Meine Handgelenke brannten. Er spielte mit seinen Daumen.

»Laß sehen«, sagte er ruhig.

Ich hatte nichts zu verlieren außer dem heilen Auge, das mir noch blieb. Außerdem wußte ich nichts, was er nicht früher oder später selbst rauskriegen würde.

»Kurt Bock ist seit gestern abend verschwunden. Nachdem er mit Strasser verabredet war.«

Er ließ sich das einen Moment auf der Zunge zergehen, bevor er es schluckte. Dann blinzelte er und erhob sich. Er wirkte nicht mehr besonders bedrohlich, vielleicht hatte er tatsächlich Schiß gekriegt. Nachdenklich sammelte er Brief und Umschlag vom Boden auf.

»Was ist denn nun mit dem Brief«, sagte ich. »Was steht denn drin.«

Er kicherte. »Keine Ahnung. Kanns auch nich lesen.«

»Ach du Scheiße. Und in dem anderen?«

»Welcher andere.«

»Der an Klara Bock.«

Er schüttelte den Kopf, während er den Ottobrief in den Bockumschlag steckte und in seiner Gesäßtasche versenkte.

»Moment mal«, sagte ich. Er schwang seine Wampe zu mir herum. Ein Kronleuchter kündigte sich von weitem an, aber bevor er mir richtig aufgegangen war, ging Gegenvogels Faust in meinem Gesicht auf. Ich war nur noch halb bei der Sache, als er mich auf den Bauch drehte. Der Druck der Handschellen löste sich, ihr metallisches Klappern begleitete Gegenvogel, bis er draußen war. Ich hatte nicht mal die Kraft, ihm einen Fluch nachzuschicken.

Nach ein paar Minuten spürte ich meine Arme wieder, ich stand auf und schleppte mich ins Bad. Kaltes Wasser über die Handgelenke und ein Blick in den Spiegel: das linke Auge war wahrscheinlich noch da, irgendwo unter dicken Schwellungen, die bald ziemlich bunt werden würden. Ich hielt den Kopf unter den Wasserhahn. Naß und fluchend stolperte ich im Flur über den Knüppel. Ich hob ihn auf. Ich wog ihn in der Hand.

Ketchup.

Ich ging in die Küche und nahm mir das schmutzige Geschirr vor.

16

Als ich die Scherben weggeräumt hatte, war meine Küche so sauber wie noch nie. Ich hatte verbissen geschuftet und mich gleich über den sonstigen Dreck hergemacht, berauscht von der Nutzlosigkeit, die darin lag. Ich schwitzte nicht mal. Ich hatte keine Schmerzen. Meine Küche hatte Schmerzen, und mit jedem Fleck, jedem Winkel, den ich in Ordnung brachte, wurden sie gelindert. Auf der Höhe meines Schaffens verschränkte ich die Arme, überblickte die Lage und war pure Kraft.

Es hielt eine halbe Minute. Dann ging ich rüber ins Zimmer, meine Hände zitterten und klebten, ich fiel aufs Bett, zum Denken weder nüchtern noch betrunken genug. Alles, was ich dachte, knickte ab, sobald es eine bestimmte Länge überschritt. Da half nichts, in Zeiten von Krieg und Not ist der Mittelweg der Tod, ich holte den Whisky aus dem Regal und genehmigte mir einen, gleich aus der Flasche und nicht zu knapp. Durchatmen, warten, dann das Gefühl. Good to be back.

Ich schlug das Telefonbuch auf. Es gab weniger Strassers, als ich befürchtet hatte, darunter noch weniger Anwälte, nur einen, den einzig wahren: *Heino Strasser, Tempelhofer Ufer 36.* Ich trank einen weiteren Schluck. Das Telefonbuch auf dem Schoß, die Flasche in der Hand starrte ich eine Weile aus dem Fenster über den Oranienplatz, auf dessen anderer Seite die Baumwipfel vor dem graubraunen Hintergrund der Fassaden verflimmerten. Die Sonne stand noch außerhalb meines Fensterrahmens, aber die Schatten wuchsen. Mein Zeitgefühl war hinüber. Mit einer ausladenden Bewegung, die mir selbst nicht ganz geheuer war, hob ich den linken Arm und schaute auf die Uhr. Halb vier.

Ein bitteres Aufstoßen schüttelte mich. Das Telefonbuch rutschte von meinem Schoß. Ich hob es auf, stellte sorgfältig die Flasche ab, griff zum Apparat und wählte Strassers Nummer.

Mein Blick verschwamm, als ich, den Hörer an der Schläfe, weiter rausstarrte, auf die Häuser drüben, die von hier oben klein und geheimnislos wirkten, unter einem Himmel ohne Tiefe. Bilder aus meiner Jugend blitzten auf. Provinz, ungenutzte große Sommernachmittage im Liegestuhl auf der Terrasse, unter genau demselben drückend flachen Blau. Spaziergänge über Äcker. Schon dran zu denken war ein Gedanke ans Grab, und während ich mich in das Panorama vor meinem Fenster versenkte, die Geräusche der Stadt durch den sanften Freiton an meinem Ohr neutralisiert, wußte ich einen Moment lang nicht, ob hier irgendwas anders war. Vielleicht war die Welt so, im Sommer.

»Anwaltsbüro Dr. Heino Strasser guten Tag«, meldete sich eine junge Frauenstimme.

»Oswald«, sagte ich. »Herrn Strasser bitte.«

»Worum handelt es sich«, fragte sie.

»Sagen Sie ihm, es gibt Neuigkeiten von Klara Bock.«

Die Leitung wurde tot. Einer meiner Lieblingsalpträume zog blitzschnell an mir vorbei. Ich zu Besuch bei meinen Eltern auf dem Land, Kornfelder und Trostlosigkeit endlos, plötzlich die Nachricht, daß hier in Berlin irgendwas schiefgelaufen war und alles den Bach runtergehen und ich für immer dort festsitzen würde, Arbeit weg, Wohnung weg, Existenz weg, wenn ich nicht sofort den nächsten Flieger nahm und rettete, was noch zu retten war. Ich auf zum Flughafen, der Flieger natürlich grade gestartet, steil in den Himmel, vom rasenden Auto aus ein großer, endgültiger Anblick. Danach alles so egal, daß ich manchmal heulend aufwachte.

»Strasser«, sagte eine aufgekratzte Männerstimme über die Kornfelder hinweg.

»Sie sind hinter dem Brief her«, sagte ich.

»Ich hab Ihren Namen nicht verstanden.«

»Oswald. Und Sie wissen genau, wovon ich rede. Klara Bock. Der Brief. Ich hab ihn nicht. Ich hab mit der ganzen Sache nichts zu tun. Ich hab keine Ahnung, worums geht, und ich wills auch gar nicht wissen. Lassen Sie mich in Ruhe.«

Er räusperte sich. »Ich, äh, weiß wirklich nicht, wovon Sie sprechen, aber wenn ich Ihnen irgendwie helfen kann, ich bin gern bereit, Sie in meinem Büro …«

»Och nee«, unterbrach ich ihn. »Mir liegt gar nicht so viel an Ihrer Aufmerksamkeit. Hören Sie mir einfach nur zu. Sie wollen den Brief. Ich hab ihn nicht. Ich weiß aber, wer ihn hat, und das ist alles, was ich weiß. Klar?«

Er schwieg.

»Also jetzt zum Mitschreiben. Tino Gegenvogel, Privatdetektiv, das ist Ihr Mann. Hetzen Sie Ihre Fingerbrecher auf den und lassen Sie mich zufrieden. Und nochwas. Ich schätze, Sie haben kein Interesse dran, daß sich die Bullen um die Angelegenheit kümmern. Von mir aus kanns dabei bleiben. Verstehen wir uns?«

»Oswald …«

Ich legte auf.

Draußen hatte sich nichts getan, ich schaute raus und sah Licht und Schatten in ihrem Zusammenspiel, das sich veränderte und trotzdem immer dasselbe blieb. Einer der Bäume drüben raffte sich jetzt auf und bewegte einen Arm – die träge Andeutung eines Winkens, das ich mit ebenso trägem Nicken quittierte. Ich hob die Flasche an den Mund und spülte mir einen knappen Schluck über die Zunge. Dann verschloß ich die Flasche, stellte sie ab und legte den Kopf zurück. Mein Gesicht hatte sich mit einem schmierigen Film überzogen, der an den aufgeschlagenen Stellen brannte. Ich ließ ein paar Atemzüge lang den Geschmack und die Ruhe des Whiskys in mich einsickern. Dann schaute ich das Telefon auf meinem Schoß an. Ich grinste und wählte Kalinkas Nummer.

Nichts.

Ich überlegte panisch. Dann rief ich Miriam an.

»Jaaaaaaa?« Es war die kleine Miriam. Ich stöhnte erleichtert.

»Schätzchen«, sagte ich. »Gehts dir gut?«

»Ja«, sagte sie ernst.

»Schön. Ist die Mama in der Nähe?«

Sie schnaufte angestrengt. »Nee«, hauchte sie ratlos.

Es raschelte, jemand nahm ihr den Hörer ab, ausnahmsweise protestierte sie nicht.

»Hallo«, sagte die große Miriam.

»Ja, ich«, sagte ich. »Dann weißte ja schon Bescheid.«

»Ziggy«, seufzte sie. »Bist du okay?«

»Nja. Was ist mit Kalinka.«

»Mann Mann Mann. Ich habs ja geahnt gestern. Warste bei den Bullen?«

»Wieso. Ich dachte, Kalinka hätte schon.«

»Hat sie nichts von gesagt. Kann sein. Aber ist ja eigentlich deine Entscheidung.«

»Wie, hat sie nichts von gesagt. Was hat sie denn erzählt.«

»Na halt, was passiert ist. Und daß du dabei bist, dich in die Scheiße zu reiten.«

»Pfff. Ich versuch, mich rauszuhalten, so ist das.«

»Sie sieht das anders.« Sie räusperte sich. »Sie sieht überhaupt einiges anders. Und ich kanns ihr nicht verdenken.«

»Toll, wie ihr euch versteht. Kann sie mir das vielleicht selber sagen?«

»Ich glaub kaum, daß sie da im Moment große Lust drauf hat.«

»Holst du sie mir bitte mal ans Telefon«, sagte ich laut.

»Kein Grund, mich anzuschreien. Nee, geht nicht, sie ist gar nicht hier.«

»So.« Ich schluckte. Und ertappte mich dabei, wie ich erleichtert nach der Flasche schielte. Miriam schien meine Gedanken zu erraten.

»Biste nüchtern«, fragte sie skeptisch.

»Wo treibt sie sich denn rum.«

»Kann ich dir nicht sagen.«

»Kannste oder sollste mir nicht sagen?«

»Hör mal zu, wenn dir jetzt 'ne Verschwörung oder sowas vorschwebt, schlag dir das aus dem Kopf. Das haben wir nicht nötig. Nee, ich weiß wirklich nicht, wo sie ist, sie hat vorhin mit irgendwem telefoniert und mir dann gesagt, sie trifft sich mit dem. Ich hab nur mitgekriegt, daß es um irgendwas am Heinrichplatz ging, aber ich glaub mehr so als Treffpunkt. Falls dir das was hilft«, fügte sie nach einer Pause hinzu.

»Ja. Danke.«

»Ziggy ...« Sie stockte. »Laß es bleiben. Das führt zu nichts, wenn du sie jetzt überfällst. Ich kenn euch beide, und ich weiß, wie ihr im Moment drauf seid. Nicht jetzt.«

»Ich hab ihr nur zu sagen ... ich ... ich will versuchen, alles in Ordnung zu bringen.«

Miriam schwieg lange.

»Biste dir darüber im klaren, daß du da noch ziemlich was vor dir hast«, sagte sie dann.

»Ja«, sagte ich zur Whiskyflasche. »Ich weiß.«

»Na dann. Viel Glück.«

»Danke.«

Ich nahm die Flasche und ging in die Küche zum Ausguß. Er war sauber und roch frisch nach Putzmittel. Ich schraubte die Flasche auf, eine zittrige halbe Minute lang hielt ich sie in beiden Händen und überlegte, was es mir bringen würde. Auf einmal kam ich mir sehr dumm vor. Ich schraubte die Flasche wieder zu und stellte sie in den Küchenschrank, ganz nach hinten. Dann setzte ich Kaffeewasser auf. Ich trat auf den Balkon. Die Sonne brannte auf meine unklaren Gedanken. Miriams Worte: sie kannte uns beide. Die Frage war, ob wir uns selber kannten.

Ich schnappte die Jeansjacke und ging.

17

Die Oranienstraße zog sich lang und schnurgerade bis zum staubigen Horizont, den der matte Stahlkoloß des Görlitzer Bahnhofs bildete. Ich hielt mich im Schatten der Markisen, die vor den meisten Läden über den Gehsteig hingen und irgendwie freundlich einluden – während einen die Streifen prallen Sonnenlichts dazwischen antrieben, schneller zu gehen, um den nächsten Schatten zu erreichen. Schneller, langsamer, schneller, vor der Ampel an der Adalbertstraße stand ich und schwitzte und sah dem Heinrichplatz entgegen. Ich fuhr mir übers Gesicht, durch den Schweiß hindurch roch ich einen Hauch von Gegenvogels Rasierwasser und auch das, was sich dahinter verbarg. Grün, ich bohrte die Hände in die Hosentaschen, während ich die Straße überquerte. Ich stellte mir das Gesicht vor, das Kalinka machen würde, wenn sie mich sah. Es fiel mir schwer. Jedenfalls schwer, mir vorzustellen, daß sie sich freute.

Hustend schleppte ich mich die letzten Meter zum Heinrichplatz. Ich sah, daß meine Stiefel staubig und lange nicht geputzt waren, auch was, das Kalinka nicht leiden konnte. Ich blieb stehen und rieb sie an den Hosenbeinen. Brachte nicht viel, man merkte nicht mal den guten Willen. Kein gutes Zeichen. Ich faßte mein Schicksal ins Auge.

Das Schicksal bestand zunächst in den zwei Kifferkneipen, die auf der anderen Seite des Heinrichplatzes nebeneinanderlagen. Die Leute schwitzten auf den Stühlen und Bänken auf dem Gehsteig vor sich hin, sprachen und bewegten sich kaum, fühlten sich aber anscheinend wohl, alles war bunt und ruhig und ging irgendwie ineinander über. Ich wagte mich auf die Mitte des Platzes vor. Ein kühler Luftzug berührte mich, er mußte die Mariannenstraße runtergflattert sein, um mich an der Fußgängerinsel zu treffen. Ich hob den Kopf und versuchte, über die Dächer der geparkten Autos hinweg Kalinka auszumachen. Nein, sie war nicht dabei. War sowieso nicht ihr Rahmen, wie mir nachträglich klar wurde – Kalinka neigte nicht dazu, in irgendwas überzugehen. Ratlos stand ich mitten auf dem Platz und drehte mich um. Dann sah ich sie.

Sie saß in dem kleineren Cafe auf der Westseite, ich erinnerte mich nicht, wie es hieß, stand auch nichts dran, aber es war irgendwas mit *Nichts* oder *Niemand*. Kalinka saß an einem Tisch am Fenster, mit dem Rücken zur Straße, ich erkannte sie sofort. Ihr gegenüber, mit dem Gesicht zur Straße, ein Typ um die Dreißig, groß, blond und gebräunt. Hatte ein bißchen Ähnlichkeit mit dem Vater ihres Kindes, er war es aber nicht. Er redete, Kalinka nickte. Er schüttelte den Kopf, Kalinka ebenfalls. Kalinka redete, er schüttelte immer noch den Kopf. Dann schwiegen beide.

Ich war gelähmt.

Ich saß nicht mit Kalinka an diesem Tisch. Ich würde nie dransitzen. Ich wußte nicht mal, was ich ihr hätte sagen sollen.

Ein Ruck ging durch mich. Mit steifen Beinen setzte ich mich in Bewegung. Die Mariannenstraße hoch in Richtung Naunynstraße, dem Lufthauch entgegen, den ich vorhin gespürt hatte. Es war aber offenbar der einzige gewesen. Ich hatte Durst. Ich stellte mir ein großes Glas Bier vor und eine Theke zum Festhalten. Schwankend bog ich nach links in die Naunyn. Ich ging auf der Schattenseite, die Sonne fiel schräg von links in die Straße und streichelte die Wipfel der Bäume, die auf der anderen Seite gepflanzt waren. Meine Seite war kahl, ein Stück nackten Gehsteigs verband schlafende Autos mit schlafenden Häuserwänden. Vorn die Adalbertstraße, ich überlegte, ob ich abbiegen und mir eine Kneipe suchen sollte.

Eines der Autos am Straßenrand war blauer als die anderen. Ein himmelblauer Trabant mit Lenkradbezug aus Leopardenfellimitat. Ich warf einen Blick aufs Nummernschild. Natürlich. Es war Stefans Wagen.

Ich blieb stehen.

Drei kleine Jungs prügelten sich ein paar Meter weiter, routiniert und ohne viel Aufhebens. Einer fuchtelte mit einer dünnen Holzlatte. Vielleicht spielten sie – drei Elfjährige, die die Höhepunkte der Filme nachstellten, die sich ihre vierzehnjährigen Brüder mit den Ausweisen ihrer achtzehnjährigen Brüder aus der Videothek holten. Vielleicht spielten sie auch nicht. Sie hörten auf, als sie mich neben dem Auto stehen sahen, und starrten mich an.

Auf dem Rücksitz lag ein großer Haufen, über den Stefan eine Decke gebreitet hatte. Ich bückte mich und versuchte, mehr zu erkennen. In der Scheibe der Beifahrertür spiegelte sich mein Gesicht, bleich, verzerrt und von Schrammen übersät. Ich schielte zu den drei Jungs rüber. Sie starrten mich immer noch regungslos an.

Ich probierte den Griff der Tür. Sie war nicht abgeschlossen.

Das sah Stefan überhaupt nicht ähnlich.

Der Junge mit der Holzlatte hielt das Ding jetzt in beiden Händen und tippte sich damit abwartend auf die Spitze seines linken Schuhs. Er lehnte an einem Auto, die anderen beiden standen mit verschränkten Armen daneben. Sie machten sehr unschuldige Gesichter.

Ich zog an der Tür. Abgestandene Luft schlug mir entgegen, als ich sie eine Handbreit offen hatte.

Aus der Adalbertstraße bog ein Streifenwagen in die Naunyn. In Schrittgeschwindigkeit. Die Jungs hörten ihn und drehten sich um. Ich zupfte an der Decke auf dem Rücksitz. Es war eine häßliche rotblaukarierte Wolldecke. Dann sah ich die Hand. Eine seltsam schrumpelige Hand, die unter der Decke rausragte.

Die Wanne kam gelangweilt näher. Die Jungs hatten sich wieder zu mir umgewandt. Der eine ließ seine Holzlatte los, sie kippte langsam um, er machte eine hastige Bewegung, um sie zu fangen, erwischte sie nicht und lehnte sich wieder stocksteif ans Auto. Die Latte schlug mit hellem Klappern auf den Gehsteig.

Ich drückte die Tür zu, der Wagen schaukelte unter meinem Gewicht. Die Jungs schauten zur Wanne, dann zu mir. Gespannte Blicke. Langsam nahm ich meine Hand vom warmen Metall des Türgriffs und schob sie in die Hosentasche. Ich schlenderte in Richtung Adalbertstraße, genau auf die Jungs zu. Als ich an ihnen vorbeiging, war die Wanne ungefähr auf ihrer Höhe. Die Bullen starrten teilnahmslos durch die Windschutzscheibe. Die Jungs machten keinen Mucks. Ich ging ruhig bis zur Ecke und bog nach links.

Dann fing ich an zu rennen. Ich rannte die Adalbert runter, bei Rot über die Oranienstraße, Hupen brüllten auf. Ich rannte weiter, bis mir die Puste ausging. Ich stolperte rüber auf die andere Seite, wieder Hupen, drüben langsam weiter, ich hielt mir die Seiten und wartete drauf, daß mir der Schädel zersprang. Die Leute machten Platz, ohne mich zu beachten. Irgendwo hinter mir eine Sirene. Ich rempelte mich zwischen den Junkies am U-Bahnhof durch, runter in den Gang, die lange, lange Rolltreppe hoch und auf den Bahnsteig, ein Zug war grade eingefahren, ich sprang rein, lehnte mich in eine Ecke, gekrümmt vor Seitenstechen und pulsierenden Kopfschmerzen und betete *zurückbleiben zurückbleiben zurückbleiben.*

18

Ich kam nicht weit. Ich hatte den Zug zum Schlesischen Tor erwischt, also nach zwei Haltestellen Endstation. Das Seitenstechen war weg, aber in meinem Kopf dröhnte das Blut im Takt meiner Schritte. Ich mischte mich unter die Leute, die die Treppe zum Ausgang runterströmten, zum erstenmal in meinem Leben froh über breite Schultern und dicke Wänste, die mir die Sicht verstellten und mich unsichtbar machten. Eine Gruppe verdächtig lebhafter Burschen um die zwanzig trabte, mit mir in der Mitte, bis raus auf den Vorplatz, dann zerstreuten sie sich lachend in alle Richtungen, und da stand ich. Eine Wanne raste mit Blaulicht und Sirene direkt auf mich zu und weiter in die Köpenicker. Na gut, das kam hier alle zwei Minuten vor. Ich fühlte mich getarnt. Hier gab es immer andere, die auch grade was ausgefressen hatten. Reichlich. Ich sah mich um. Vorn in der Skalitzer das *Kloster,* eine Rettung. Schatten, Getränke. Ich suchte in der Hosentasche nach den Geldscheinen, sie waren noch da, Gegenvogel sei dank. Ich ging rüber.

Hinter der Theke stand Oleta.

Gut.

»Hi«, sagte ich. »Schon so früh am arbeiten.«

»Arschloch, ich steh hier seit drei. Wie siehstn du aus.«

Vorsichtig schaute ich in den Spiegel hinter der Bar. Nicht besser.

»Naja, war 'n harter Tag.«

»Harte Nacht willste sagen.« Sie grinste. »Bei mir auch. Ich bin eigentlich überhaupt nicht hier.«

Oleta war klein und dünn und hatte die größte Klappe der Welt, durch die Unmengen von Bier in sie reinpaßten. Trotz ihrem Namen, der vielleicht nicht ihr richtiger war, kam sie aus Hessen und hieß korrekt Oledda, und bei ihren Freunden bestand sie auf dieser Aussprache. Mit ihrem Namen war sie eigen.

»Oledda«, stöhnte ich. »Mir gehts beschissen, ich steck bis zum Hals in der …«

»Is ja nix Neues. Wasn los, haste dich mit Kalinka geprügelt.«

Der Gedanke zwang mir ein kurzes Grinsen ab, das an verschiedenen Stellen meines Gesichts Schmerzen hinterließ. »Mein Gott, wenns nur das wär … ja, das ist auch 'n Problem. Aber …«

Sie beugte sich über den Tresen, faßte mich am Ohr und begutachtete meine linke Gesichtshälfte.

»Sieht wirklich schlimm aus«, sagte sie trocken. »Wie kommts?«

»Sind 'n paar Leute hinter mir her.«

»Geld?«

»Keine Ahnung. Jedenfalls nicht meins.«

»Ja, welches auch.« Sie schüttelte den Kopf. Dann kam sie hinter der Theke vor und legte mir einen Arm um die Schultern. »Erzähl mal.«

»Lieber nicht.«

Draußen auf dem Gehsteig kamen ein paar Leute an den letzten Tisch, der noch freigewesen war, und winkten. Oleta zeigte, ohne eine Miene zu verziehen, auf das Schild *Self Service* hinter der Bar.

»Oswald, du kennst mich, ich dräng mich nicht auf, aber

wenns einem meiner Freunde schlecht geht, bin ich für ihn da.« Sie sah mich liebevoll an. »Wir haben genug Nächte zusammen durchgesoffen …«

Einer der Neuen kam rein. »Kommscht du ned naus zum Bediene«, brüllte er durch den leeren Raum.

»Selbstbedienung«, sagte Oleta.

»Des muß eim doch wer saage.«

Oleta deutete nochmal auf das Schild. »Die meisten hier können lesen.«

»Ach so, des han i ned gsähe …«

»Was willstn haben.«

»Also und zwar einen Milchkaffee und drei Bierle.«

Sie ließ die Kaffeemaschine zischen, öffnete drei Bier und stellte alles auf ein Tablett.

»Sechzehnfuffzich.«

»Was, zahle au glei?«

Sie nickte.

»Ja momendle, da muß i nommal naus …« Er rannte raus, sammelte bei seinen Kumpels Geld ein und brachte es Oleta. Kein Trinkgeld. Dann nahm er das Tablett und balancierte es zur Tür.

»Des isch aber sehr gaschtfreundlich hier«, sagte er, bevor er sich in Sicherheit brachte.

Oleta lächelte müde. »Oswald, was willstn du.«

»Grappa. Für dich auch einen.«

Sie runzelte die Stirn. Dann sah sie auf die Uhr und lachte.

»Keinen vor vier, aber fünf nach sechs, okay, überredet.«

Sie brachte zwei Grappa. Ich hob mein Glas und hielt es ihr entgegen.

»Oledda, ich dank dir für dein Verständnis …«

»Hau weg die Scheiße«, sagte sie sehr hessisch und stürzte ihren runter. Ich tat es ihr nach.

»Die Sache ist die«, sagte ich.

Sie sah mich komisch an. Ich wartete. Sie rülpste.

»Es ist ziemlich gefährlich«, sagte ich.

Sie nickte. »Komm schon, machs nich so spannend.«

»Es hat Tote gegeben. Zwei Stück.«

»Oh«, sagte sie ernst.

»Ich hab damit natürlich nichts zu tun, aber es sieht so aus, als häng ich da irgendwie mit drin.«

Sie überlegte. »Hast 'n Anwalt?«

»Anwalt.« Strasser. Der Brief. Die zwei Briefe. Oder vielleicht war es doch nur einer. Der Grappa ließ alles etwas verschwimmen, ich erinnerte mich undeutlich, daß Gegenvogel den Brief in den Umschlag gesteckt und ziemlich dumm gekuckt hatte, als ich nach dem zweiten Brief fragte. Vielleicht hatte jemand an den lieben Otto geschrieben, den Brief aber adressiert an ...

»Mann«, sagte ich. »Gib mir mal das Telefonbuch.«

»Welcher Buchstabe?«

»B.«

Sie brachte mir den Band. Ich suchte Bocks Nummer raus. Das Telefon hing um die Ecke an einer rohen Backsteinwand im Gang zum Klo. Ich warf Geld ein und wählte die Nummer.

»Bock«, kreischte es in den Hörer.

»Oswald, ich war vorhin bei Ihnen, Sie erinnern sich.«

Schweigen. »Ja«, krächzte sie nach einer Weile.

»Hat sich Ihr Mann inzwischen gemeldet«, fragte ich.

»Nein.«

»Tja, wir warten auch«, sagte ich tröstend. »Noch was anderes, eine Hintergrundinformation bräuchten wir noch. Wie hieß Ihr Schwiegervater?«

Sie unterdrückte ein Schluchzen. »Na, Bock.«

»Mit Vornamen mein ich. Otto?«

»Wieso«, sagte sie verwirrt. »Robert, Robert Bock. Vor acht Jahren gestorben. Er war Lehrer. Hilft Ihnen das was?«

»Mal sehen. Wir melden uns, sobald wir was hören.«

Ich legte auf und ging zu Oleta.

»Was erreicht?« sagte sie, während sie mein Glas nochmal füllte und ihres halb. Dann betrachtete sie die beiden Gläser kritisch und machte ihres auch voll.

»Fehlanzeige. Nochmal Telefonbuch bitte. Buchstabe K.«

Sie nahm den ersten Band mit und brachte mir den zweiten. Währenddessen starrte ich den Grappa an. Er gefiel mir nicht, aber ich wußte, daß mir das nichts nützen würde. Ich schlug das Buch auf, Irina Krüger, merkte mir die Nummer und ging zum Telefon.

»Ja«, meldete sie sich rauchig.

»Hier ist die Perücke.«

Sie zögerte kurz. Dann lachte sie.

»Wars schlimm«, sagte ich.

»Bins gewohnt.« Sie schniefte. »Es wars wert.«

»Danke.«

Sie lachte wieder. »Wie wars bei dir?«

»Grauenvoll. Ich seh jetzt so ähnlich aus wie du. Nee, schlimmer.«

»Danke.«

»Wars dir genug wert, um mir noch 'ne Frage zu beantworten?«

»Fragen wirste sowieso«, sagte sie rauh. »Aber frag mich bloß nicht, warum ich bei ihm bleibe oder sowas.«

Ich lachte. »Ich nehm an, da würdste sowieso keine Antwort drauf wissen.«

»Und wenn, würds dich nichts angehen.«

»Okay. Als er gemerkt hat, daß der Brief weg ist, hat er da nur von einem Brief gesprochen oder noch 'nem zweiten?«

Sie dachte nach. »Nee. Von einem. Einem Umschlag, genauer gesagt.«

»Mhm. Hat er Namen erwähnt? Bock? Otto? Robert?«

»Nee. Von einem Strasser hat er geredet. Er hat mich als erstes gefragt, ob Strasser hier war.«

»Jaja, der scheints ihm angetan zu haben.«

»Sonst noch was?«

»Danke. Ach ja, tut mir leid wegen der Zigarette.«

»Was?«

»Die ich aufm Waschbecken vergessen hab.«

Sie lachte und legte auf.

Oleta hatte ihren Grappa angenippt. Ich sah meinen streng an, dann gab ich nach.

Der Schwabe kam nochmal rein, stellte das leere Tablett ab, schaute uns an und reckte sich.

»Versöhnung – und ich verzieh: aus Fusel, Funk und Flaschen die Neunte Symphonie, het scho der Gottfried Benn gsagt, gell, tschüsle«, verkündete er und ging.

Auf dem Tablett lagen achtzig Pfennig.

»Nochmal Telefonbuch, Buchstabe S.«

»Oswald«, schrie sie. Sie brachte den zweiten Band weg und holte den dritten. »Du kennst aber Anwälte.«

»Eigentlich nur einen«, sagte ich. »Aber der reicht.«

19

Ich hatte Strassers Adresse auf einem Zettel notiert, auf den ich während der U-Bahnfahrt stierte, bis sich die Tempel und Hofer und Ufer auflösten und ineinander verschoben, *Hempel ofer tufer,* und schließlich zu einem einzigen *Teufel* verschwammen. Ein heiseres Kichern entfuhr mir. Gegenüber saß ein älterer Türke, der von seinem *Hürriyet* aufblickte und erst mich, dann meinen Zettel betrachtete. Er versuchte sich auf seine Zeitung zu konzentrieren, unterbrach sich aber immer wieder, um nach meinem Zettel zu linsen. Dann ließ er das Blatt sinken, schlug die Beine übereinander und lehnte sich zurück. Er sah mich ernst und mißtrauisch an. Unter seinem schwarzen Schnurrbart arbeitete es. Er knetete sein Gebetskettchen.

»Teufel«, sagte ich und grinste.

Der Zug fuhr langsam in den Bahnhof Möckernbrücke ein. Ich stand auf. Das Gebetskettchen klickerte. Bevor ich ausstieg, nickte ich dem Alten zu. Das Klickern hörte auf. Er war versteinert.

Ich ging runter und durch die Halle zur langen Rolltreppe, die zum Ausgang auf der anderen Seite führte. Ein japanischer Gitarrist saß an der gläsernen Wand, die Sonne im Rücken, und spielte sein immergleiches *Yesterday.* Ich kannte ihn, seit Jahr und Tag spielte er im Bahnhof Möckernbrücke *Yesterday.* Manchmal auch am Halleschen Tor. Vielleicht sammelte er Reserven, um den öden Bahnhof Prinzenstraße zu überspringen und am Kottbusser Tor Fuß zu fassen. Wär mal was anderes gewesen als die ewigen Junkies mit ihrem Geleier, also blieb ich stehen und warf eine Mark in seinen Hut. Er nickte unmerklich. Ich war nicht sicher, ob er meine Botschaft verstanden hatte.

Wahrscheinlich nicht.

Das Tempelhofer Ufer beschrieb eine langgezogene Kurve am Landwehrkanal entlang. Ich folgte ihr und achtete auf die Hausnummern. Als ich mich den Dreißigern näherte, ging ich langsamer. Ich konzentrierte mich. Das war gut so.

Ein Wagen hielt ein Stück vor mir. Jemand stieg aus.

Arnie.

Ich drückte mich in einen Hauseingang und schob den Kopf raus. Arnie stolzierte über den Gehsteig und verschwand in einem Haus. Sein vollbärtiger Kumpel blieb im Wagen. Der Motor lief.

Ich tastete nach meinen Zigaretten. Ohne die Schachtel aus der Tasche zu nehmen, fummelte ich eine raus und steckte sie mir an.

Nach zwei Zügen kam Arnie zurück, in Begleitung. Der andere war elegant gekleidet, tief gebräunt, blondgelockt. Er ging vor Arnie her, und ich hatte den Eindruck, daß es ihm keinen richtigen Spaß machte. Arnie lächelte sein gequältes Lächeln. Sie stiegen ein und fuhren los.

Als sie vorbei waren, lief ich geduckt zum Straßenrand. Sie rollten auf die nächste Ampel zu, die in diesem Moment auf Rot schaltete. Ich drehte mich um. Ein freies Taxi kam flott auf der linken Spur. Ich schaute mich nach Arnies Wagen um. Er stand jetzt an der Ampel. Das Taxi war nah genug, ich trat auf die Straße, winkte und ging wieder in Deckung. Das Taxi hielt, ich sprang hinten rein.

»Los«, sagte ich.

Der Fahrer wandte sich um. Ein hagerer älterer Mann mit einer Stirn, die man auch als Glatze bezeichnen konnte. Eine Wolke unendlicher Langeweile lag über ihr.

»Nichtraucher«, murmelte er und verschränkte die Hände über dem Lenkrad.

Ich machte die Tür auf und warf die Zigarette raus.

»Können wir jetzt«, sagte ich. »Fahren Sie mal dem roten Golf da vorne nach.«

»Peugeot«, sagte er, ohne irgendwelche Anstalten zu machen. Er wandte sich wieder zu mir um und sah mich regungslos an. Die Ampel schaltete auf Gelb.

»Bitte«, sagte ich und wühlte einen Fünfziger aus der Hosentasche. Ich ließ ihn auf den Beifahrersitz flattern. Er betrachtete ihn seelenruhig, während die Ampel grün wurde. Dann hob er die Augenbrauen, setzte sich zurecht und fuhr behutsam an.

Der rote Peugeot fuhr weiter. Wir schlichen hinterher.

»Bekannte von Ihnen«, brummte der Fahrer.

»Naja«, sagte ich.

»Mhm«, brummte er zustimmend.

Die anderen bogen nach rechts in die Möckernstraße. Ein Stück nach Süden, dann links. Wartenburgstraße.

Sie hielten vor einem ansehnlichen Altbau auf halber Länge der Straße. Arnie und der andere stiegen aus, der Vollbärtige fuhr langsam weiter.

Mein Fahrer, der ebenfalls angehalten hatte, sah mich ungerührt an.

»Nee«, sagte ich. »Nicht weiter.«

Arnie und der Braungebrannte steuerten auf den Eingang des Hauses zu und verschwanden drin.

»Wissen Sie was«, sagte ich und kramte einen der beiden Scheine raus, die ich noch hatte. Ein Zwanziger. Ich ließ ihn zu dem Fünfziger flattern. »Sie könnten mir 'n großen Gefallen tun. Ich geh da jetzt rein. Warten Sie 'ne Viertelstunde, wenn ich dann nicht wieder raus bin, rufen Sie die Bullen.«

Er zuckte mit keiner Wimper. Ich deutete auf das Geld.

»Mehr hab ich nicht.«

Er schaute wieder geradeaus, die Hände auf dem Lenkrad, und fing nach einer Weile an zu nicken.

»Geht in Ordnung«, sagte er, und ich glaubte ein Zittern in seiner Stimme zu hören. »Fuffzehn Minuten.«

»Keine länger«, sagte ich und stieg aus. Er langte nach unten und steckte sich einen Kaugummi in den Mund und begann teilnahmslos zu mahlen. Sein Wiederkäuerblick begleitete mich, während ich langsam auf das Haus zuging.

Eine Eingangshalle mit rotem Läufer, in der Mitte ein schmiedeeiserner Fahrstuhlschacht, links davon eine Treppe, auf der sich der Läufer nach oben schlängelte. Ich trat ans Gitter des Fahrstuhls. Er stand ganz oben. Ratlos schaute ich mich um. Zwei große zweiflügelige Wohnungstüren.

Hinter mir quietschte die Haustür. Der Vollbärtige kam rein. Ich lehnte mich ans Gitter, dachte an den Taxifahrer draußen und grinste. Der Vollbärtige schien mich erst auf den zweiten Blick wiederzuerkennen. Er blieb stehen. Seine Arme gingen ein Stück auseinander.

»Jetzt kuck ich mir mal euren Haushalt an«, sagte ich. »Bitte, nach dir.«

Sein Blick schweifte irritiert durch die Halle. Nein, Arnie war nicht da. Er blinzelte.

»Hmpf«, machte er plötzlich. Seine Haltung entspannte

sich. Er ging an mir vorbei zur linken Tür und klingelte. Ich stellte mich neben ihn und las: *Erwin Kuhl. Immobilien.*

Arnie öffnete.

Er sah seinen Kumpel, dann mich, und wurde ein Stück größer.

»Wo hastn den aufgelesen«, sagte er.

»Ich ...«, sagte der Vollbärtige.

»Ich ...«, sagte ich.

»Nich so schüchtern«, sagte Arnie, packte mich an der Jacke und zog mich rein. Wir standen in einem dunklen, holzgetäfelten Flur, der durch ein Fenster am anderen Ende gerade genug Licht bekam, daß man sah, daß es nichts zu sehen gab. Zwischen schweren Türen an den Längsseiten waren hohe schwarze verschnörkelte Stühle postiert, die nach Kirche rochen, das war alles. Ganz hinten war eine Tür einen Spalt weit offen. Ich hörte Stimmen.

»Damit ihrs gleich wißt, ich hab jemand draußen, wenn ich nich in 'ner Viertelstunde heil draußen bin, kommen die Bullen«, sagte ich zu Arnie.

»Keiner tut dir was«, sagte Arnie gütig und lächelte. Er ließ mich los, machte ein paar Schritte rückwärts, dann drehte er sich um und ging kopfschüttelnd zu der offenen Tür.

Der Vollbärtige scharrte mit den Füßen. Er trug ausgelatschte Stiefel, genau wie ich. Meine waren ausgelatschter. Ich stellte einen Fuß vor. Er schaute runter. Dann blickte er geradeaus zum Fenster am Ende des Flurs. Er verschränkte die Arme.

Arnie kam zurück. Der Braungebrannte folgte ihm, das Kinn auf der Brust. Jemand hatte ihm endgültig den Spaß verdorben.

»Strasser«, rief ich aufmunternd. »Stimmts?«

Er hob den Kopf und musterte mich wütend.

»Sie hab ich mir ganz anders vorgestellt«, sagte ich. »Irgendwie blonder.«

Er murmelte unhörbar in sich rein. Dann schlug er sein Jackett auseinander und zog den Hosenbund hoch. Der Vollbärtige ließ ihn raus.

»So«, sagte Arnie. »Packen wirs an. Du wirst schon erwartet.«

Er schob mich den Flur entlang.

»Der Trick mit der Perücke war übrigens nicht schlecht. Paps war ganz schön sauer.«

»Paps?«

»Klar«, sagte er und drosch mir auf den Rücken. »Du hast jetzt das Vergnügen, meinen alten Herrn kennenzulernen. Mach 'n guten Eindruck, ja?«

Wir blieben vor der Tür stehen. Er lächelte. Der Vollbärtige stand dunkel ganz hinten.

Ich ging rein.

20

Es war ein großer Eckraum mit strahlend weißen Putzwänden und riesigen Fenstern und wenig Möbeln. Ein antiker Schrank, ein antiker Schreibtisch mit einem dunkelbraunen Lederdrehsessel dahinter, ein paar Stühle, die in demselben dunkelbraunen Leder gepolstert waren. Auf einem hohen Fuß neben dem Schreibtisch saß ein grüner Papagei. Er bewegte bei meinem Eintritt ruckartig den Kopf, als hätte er lange über irgendwas sinniert.

Ich hatte erwartet, daß Paps mit dem Rücken zu mir in seinem Drehsessel sitzen und mir genügend Zeit zum Nervöswerden lassen würde, bevor er langsam herumschwang und die Zähne fletschte. Stattdessen saß er auf einer Fensterbank, baumelte mit einem Fuß, blickte verträumt durch mich hindurch und ließ mir Zeit, ihn in aller Ruhe auf mich wirken zu lassen. Statt eines schmierigen Stücks Nadelstreifen war er ein kleiner, kräftiger alter Mann, vielleicht Mitte sechzig, weißhaarig, oben schon etwas ausgedünnt, und trug braune Halbschuhe, schwarze Jeans, ein kariertes Flanellhemd und eine Lederweste.

Seine weißen Wimpern flatterten kurz über eisblauen Augen.

»Siegfried Oswald, nehme ich an«, sagte er höflich wie Stanley im Kongo. Ich fühlte mich nicht wie Dr. Livingstone.

»Sie wissen Bescheid«, sagte ich. Ich verfluchte den letzten Grappa. Nein, die beiden letzten. »Ich bin nicht allein, draußen wartet ...«

Er hob eine Hand. »Keine Sorge. Sie sind freiwillig zu mir gekommen, Sie können genauso wieder gehen. Jederzeit.«

»Schön.« Um irgendwas zu machen, schaute ich auf die Uhr. »Dann haben wir noch neun Minuten, bevor mein Freund die Bullen holt.«

Er lachte leise. Dann stieß er sich von der Fensterbank ab und ging breithüftig und auf leisen Sohlen zu seinem Schreibtisch. Er deutete auf einen der Stühle. Ich setzte mich. Er sank in den Ledersessel, in dem er winzig wirkte.

»Die Sache mit der Polizei ist 'ne fixe Idee von Ihnen, was? Dem Strasser haben Sie auch schon sowas erzählt. Erklären Sie mir doch mal, wieso ich Ihrer Meinung nach Angst vor der Polizei haben sollte.«

»Ist Strasser Ihr Anwalt?«

Er nickte.

»Und Sie sind Erwin Kuhl?«

Er nickte. »Also, warum sollte Erwin Kuhl vor der Polizei Angst haben«, sagte er behaglich.

»Na wenn Sie schon vor mir Angst haben. Oder warum haben Sie mir Ihre Jungs auf den Hals gehetzt.«

»Als Warnung.« Er faltete seine Hände unter dem Kinn. Ich zählte einen Ehering und drei schwere Siegelringe. »Sie werden es nicht glauben, aber Erwin Kuhl ist ein Menschenfreund.«

Der Papagei blinzelte aufmerksam.

»Warnung vor was«, sagte ich.

Kuhl erhob sich und spazierte vom Schreibtisch zum Fenster, an dem er gesessen hatte. »Sie werden das Schild draußen gesehen haben und wissen, womit ich mein Geld verdiene. Und denken vielleicht, skrupelloser Geschäftemacher.«

Er lächelte mich offen an und hob die Schultern. Ich nickte, ehrlicher als mir lieb war.

»Sehen Sie, das denken viele. Vor allem die, die selber nichts haben. Und was das Geschäftemachen betrifft, haben sie sogar recht. Es fließt 'ne Menge Geld in dieser Branche. Aber.« Er hatte zum Fenster rausgeschaut und wandte sich mir jetzt voll zu. »Ein großer Teil dieses Geldes fließt direkt in die Gesellschaft zurück. Investitionen. Wohnraum erhalten, neuen schaffen. Und dann denken Sie an unsere Spenden.«

Er wies großzügig aus dem Fenster. Draußen war nichts weiter zu sehen als eine Reihe nicht ganz so schnuckeliger Altbauten auf der anderen Straßenseite. Ich nickte trotzdem.

»So kann mans auch nennen.«

»Natürlich auch Parteispenden, an Parteien, die vielleicht nicht die Ihren sind, Sie sehen, ich bin ganz offen, aber auch das sind doch Gelder, die letztlich der gesellschaftlichen Entwicklung zugute kommen.«

»Naja«, sagte ich.

»Also man könnte sagen, wir sammeln ein bißchen Geld ein bei denen, die so wenig haben, daß sie selber nichts damit ausrichten können, und setzen es gebündelt ein, an Stellen, wo es genau diesen Leuten was nützt.« Er fuhr sich über die Stirn und ließ die Hand in der Luft stehen. Der Papagei sträubte sein Gefieder. Er öffnete den Schnabel, als wollte er einen Kommentar abgeben. Dann verbeugte er sich und blieb still.

»Was gibts dann zu warnen«, sagte ich.

Die Hand senkte sich langsam auf die Fensterbank. Kuhl setzte sich und sah mich ernst an.

»Es gibt Leute, die das alles nicht wahrhaben wollen. Für die Geschäftemachen nur skrupellos sein kann. Und wer aus ideologischer Borniertheit nach dunklen Flecken sucht, wird natürlich auch welche finden. Die hat jeder, ders zu was gebracht hat. Da werden dann schmutzige alte Geschichten ausgegraben.«

»Geschichten von Neunzehneinundfünfzig«, sagte ich.

Er lächelte. »Ich sehe, Sie haben Ihre Nase auch schon reingesteckt. Übrigens Geschichten, die keinerlei juristische Bedeutung haben. Es geht nur um moralischen Dreck.«

»Hat Stefan Krepp Sie erpreßt?«

»Er hats versucht. Da sehen Sie schon mal den Widerspruch bei diesen Leuten. Im Grunde wollen sie doch nur einen Teil vom Kuchen abhaben.«

»Dann haben Sie ihn umgelegt.«

Er lachte. »Das wär nicht nötig gewesen. Ich hab Ihnen schon gesagt, ich hab vor der Polizei nichts zu verbergen. Und wegen ein paar Dreckspritzern wird niemand umgelegt. Nein. Aber ich war wohl nicht der einzige, an den Herr Krepp herangetreten ist. Scheinbar gabs Leute, gegen die er mehr in der Hand hatte. Die sich wehren mußten.«

Ich schüttelte den Kopf. »Wieso mischen Sie sich da überhaupt ein.«

»Ich will ganz ehrlich sein. Natürlich gibt es auch in unseren Kreisen eine gewisse Solidarität. Und ich finde, um Gesindel wie Herrn Krepp ist es nicht schade. So seh ich das, tut mir leid. Und zweitens ... tja, das ist mal wieder meine Menschenfreundlichkeit. Sie haben nichts mit der Sache zu tun, Sie wissen nichts, und ich rate Ihnen, belassen Sies dabei. Sonst blüht Ihnen womöglich das gleiche wie Herrn Krepp.«

Seine schlauen alten Augen zwinkerten mir wohlwollend zu. Ich sah den Papagei an. Er hatte den Kopf schräggelegt und fixierte mich kalt.

»Mal zu Ihnen«, sagte ich. »Wenn Sie nichts mit der Sache zu tun haben, wie haben Sie dann so schnell davon erfahren? Die Bullen haben Stefan noch nicht mal identifiziert.«

»Hab ich mir gedacht, daß Sie das fragen.« Er spazierte zum Schreibtisch, zog eine Schublade auf und holte was raus. Es war ein Schlüsselanhänger in Form eines Roten Sterns, samt Schlüsselbund.

Er ließ ihn einen Moment baumeln, den Stern mit spitzen Fingern gefaßt.

»Kennen Sie den?«

Er warf ihn mir über den Schreibtisch hinweg zu. Ich fing ihn. Ein paar altmodische Hausschlüssel, ein Autoschlüssel Marke Trabant. Mein Magen zog sich zusammen.

»Gehört Stefan. Wie kommen Sie denn an den?«

»Meine Jungs haben Herrn Krepp in letzter Zeit ein bißchen beobachtet. Sicherheitshalber. Tja, gestern abend sind sie zu spät gekommen, um ihm noch helfen zu können.«

»Aber seine Taschen haben sie ausgeleert.« Ich warf die Schlüssel auf den Schreibtisch.

Er lächelte. Seine Hand tauchte wieder in die Schublade und kam mit einem Taschentuch hoch. Bevor ich reagieren konnte, hatte er es über die Schlüssel gebreitet und ließ das Bündel in die Schublade fallen.

»Die Sachen können jederzeit der Polizei zugestellt werden. Nur wären sie ohne Ihre Fingerabdrücke drauf nicht halb so interessant.«

Stefans Auto. Der Tote. Mir wurde schlecht.

»Falls die Polizei hinzugezogen werden soll«, sagte Kuhl. »Ihre Zeit ist übrigens fast um, glaube ich.«

Ich sah auf die Uhr. Die vorletzte Minute lief.

»Aaaaarnie«, krächzte der Papagei plötzlich sehr laut. Die Tür ging sofort auf. Arnies Grinsen erschien und verbreiterte sich noch, als er meine Miene sah.

»Herr Oswald möchte gehen«, sagte Kuhl leise.

Ich starrte ihn an. Die mahlenden Kaubewegungen des Taxifahrers, die sich jederzeit zu einem Blick auf die Uhr und einem Griff zum Funkgerät unterbrechen konnten. Ich rannte raus, vorbei an Arnie, den Flur entlang, vorbei am Vollbart, der mir verächtlich Platz machte, durch die Halle raus auf die Straße. Das Taxi stand noch da. Der Fahrer saß stocksteif drin. Winkend rannte ich hin. Er spuckte den Kaugummi aus dem Fenster und schaute gelangweilt an mir hoch.

»Wollte grade«, knurrte er. »Is ja nochmal gutgegangen.«

Ich feuchtete meine trockenen Lippen an.

»Jaja, alles klar. Schönen Dank.«

Er sah müde aufs Taxameter. »Wollnse noch weiter?«

Ich richtete mich auf. Kuhls Haus. Nichts rührte sich. Ich tastete in der Hosentasche und fühlte den letzten Zehner zwischen den Fingern. Ich schaute mich um. Ein Kneipeneingang. *Zum gezähmten Eber.* Die Glatze des Fahrers glänzte. Ich erwischte einen blitzschnellen, neugierigen Blick aus seinen Augenwinkeln.

»Nee, danke«, sagte ich. »Hat sich erledigt. Schönen Dank nochmal.«

Er nickte gelassen. Dann fuhr er behutsam an. Ich schaute ihm nach, bis er um die nächste Ecke bog. Ich drehte mich um und stolperte die zwei Stufen zum *Gezähmten Eber* hoch.

21

»Ein Bier bitte.«

»Könnse haben.«

Kalte Flut. Nicht das Brennen, ich brannte lichterloh, sondern Löschen, ein kühles Bad. Der herbe Bierduft wurde von einem Ventilator neben der Zapfanlage zu mir rübergeweht, weiß und klebrig schoß der Schaum ins Glas und verwandelte sich zusehends in Erfrischung. Dies ist mein Blut. Das Glas lag schräg in der sicheren Hand des Wirts, der die Wandlung vollzog, ein gestandener Fünfziger, und ich dachte an die gepflegten, beringten Pilatushände von Kuhl. Der Rote Stern war leicht abzuwischen. Ich starrte auf meine eigenen Finger, mit denen ich die Schlüssel angefaßt hatte, jeden einzelnen. Alles Bier der Welt würde nicht reichen, um das Blut abzuwischen, das jetzt an ihnen klebte. Handschellen. Ich ließ die Hände sinken und setzte mich drauf.

Zwei ältere Herren saßen in der unbeirrbaren Haltung von Stammgästen an einem runden Tisch, die einzigen Gäste im Moment. Der Wirt kam mit dem Bier. Es hatte eine hübsche Blume, das Glas war beschlagen, und an den Stellen, wo er es gehalten hatte, perlten frische Wassertropfen.

»Bittschön der Herr«, sagte er. »Was zu knabbern?«

»Danke.« Ich schüttelte den Kopf. Davon hatte ich genug. Ich holte eine Hand unterm Hintern hervor, setzte das Glas an und leerte es halb. Das Bier schmeckte, wie nur Bier schmecken kann. Kühle grüne Flut.

»Jungejunge«, sagte einer der beiden am Tisch. »Das nenn ich mir 'n Zuch.«

»Nich schlecht für sein Alter«, sagte der andere. »Obwohl, damals.«

»Is aber nich det erste heute, wa?«

Ich schaute über die Schulter.

»Wieso.«

»Na, hast ja janz schön jewackelt beim Rinkommen.«

Ich wiegte den Kopf und versuchte, mich dabei gerade zu

halten. Am Tisch kicherte es. Ich drehte das Pilsglas an seinem Stiel hin und her. War wirklich das erste seit gestern abend. Bei Kalinka. Die Schnäpse waren was anderes, von denen kam das Wackeln. Das letzte Bier bei Kalinka. Ich hätte dabei bleiben sollen. Bier und Kalinka.

»Na, wir warn ooch mal nich ohne«, kam es herausfordernd vom Tisch.

»Jeht ja jetze nich mehr so.«

»Nee, aber früher ...«

Der Wirt fing an, ein Glas zu spülen.

»Ihr und eure alten Jeschichten, hört mir uff. Ick kann mir erinnern, du.«

»Anno neunund ...«

»Neenee, da ham wer uns nischt vorzuwerfen. Kneifen jabs nich.«

»Neenee. Anno ...«

Für eine Weile versanken wir alle in Nachdenklichkeit. Mein Pils drehte sich zwischen meinen Fingern im Kreis. Der Wirt spülte ein Glas nach dem anderen. Ich dachte an Kalinka, ihre aufgeräumte Wohnung, in der sogar ich gelernt hatte, möglichst wenig Dreck zu machen. Oder möglichst unauffällig. Arnies Ratschlag fiel mir ein. Sein überhebliches Grinsen.

»Arnie Kuhl«, platzte ich raus und lachte. »Du gottverdammtes Arschloch. Arnie Kuhl.«

Der Veteranentisch kicherte. Der Wirt kam samt Glas und Handtuch gemächlich auf meine Höhe der Theke. Er polierte das Glas fertig, bevor er einen Blick auf mein halbes Bier warf. Ich trank einen Schluck, der es nochmal halbierte.

»Ärger gehabt«, fragte er trocken.

Ich zuckte mit den Achseln. »Gehabt wär schön. Ich hab ihn noch.«

»Da sindse nicht der einzige. Mit der Sippe ist nicht zu spaßen.«

»Kennen Sie die Kuhls?«

Er schwang sich das Handtuch über die Schulter. »Noch 'n Bier?«

»Mhm.«

Er zapfte eins an und kam zurück.

»Ich hab die Kneipe hier seit fünfundzwanzig Jahren«, sagte er ruhig. »Da kriegste so einiges mit.«

Die beiden Alten kicherten.

»Hieß früher mal *Zum wilden Eber* hier«, krächzte der eine.

»Bis unser Günter jeheiratet hat«, meckerte der andere.

Der Wirt, der sich ein neues Glas vorgenommen hatte, hob die Arme.

»Mancher lernt was dazu im Leben«, sagte er amüsiert zu den Alten.

»Zum wilden Eber, wa, Günter?«

»Laß ihn ma, is schon in Ordnung. Aber 'ne wilde Zeit wars damals, Jungejunge.«

»Jeheiratet hat er.«

Der Wirt grinste und ging zum Zapfhahn.

»Was hamse denn fürn Kummer mit denen«, sagte er.

»Mehr so privat«, sagte ich, als ich merkte, daß ich gemeint war. »Kennen Sie den alten Kuhl?«

»Immobilien«, sagte er achselzuckend. Das Pils war fast fertig, er hob es gegen das Licht und hielt es nochmal unter den Hahn. Es würde ihm ungefähr drei Mark fünfzig bringen, aber er zapfte geduldig, bis es perfekt war. Mit der Geduld, mit der man drauf wartet, daß einem das Geld zugute kommt, das Kuhl und seinesgleichen bei einem einsammeln. Er stellte es mir hin.

»Einer von den dicken Fischen. Aber der hat nich immer in Seide geschwitzt.«

»Flanell«, sagte ich und leerte das alte Bier.

»Jeheiratet«, kam es vom Tisch.

»Nu ja«, sagte der Wirt. »Wenn du mal oben bist, schert sich keiner mehr um den Dreck, aus dem du kommst.«

»Mhm.« Ich setzte das frische Bier an und trank.

»Jungejunge.«

»Vielleicht ja doch«, sagte ich. »Aus was fürm Dreck kommt er denn.«

»Keine Ahnung. Spielt auch keine Rolle.«

»Mhm. Und jetzt? Alles sauber?«

»Sicher«, sagte er gelassen. »Die Gesetze sind ja so, daß det legal ist, was so einer macht.«

»Anno wann war det, da hätt ick ooch fast jeheiratet ...«

Ich holte meine Zigarettenschachtel raus und steckte mir eine an. Viele waren nicht mehr drin. Geld hatte ich auch keins mehr. Probehalber rief ich mir die Geheimzahl meiner Karte ins Gedächtnis. Wenigstens das klappte noch.

»Neunund ... nee, wann war det ...«

»Irgendwas läuft da doch immer«, sagte ich. »Ich meine, so einer hat doch nie genug.«

»Braucht er auch gar nich, der kriegts ja von selber.«

»Hör uff, is ja nich mehr wahr ...«

»Neenee, war 'ne wilde Zeit, ick und meine damalje Verlobte ...«

»Ich sag ja, das Gesetz ...«

»Klar«, sagte ich. Wegen ein paar Dreckspritzern wird keiner umgelegt. Dreckspritzer. Immobilien. Ich verfolgte den Rauch meiner Zigarette, der in einem dünnen Faden zu der Wolke hochstieg, die sich bereits gebildet hatte. Sie schien ihn aufzusaugen.

»Sei froh, daß det nischt jeworden is …«

»Neenee, aber damals.«

»Sach ick ja, war 'ne wilde Zeit.«

Ich legte den Zehner auf die Theke.

»Stimmt so«, sagte ich und rutschte vom Hocker. Der Boden fühlte sich wieder fester an. Ich dankte dem Bier, indem ich den letzten Schluck stehenließ. Bier, ehrliche Sache. Nie mehr Schnaps.

»Zum gezähmten Eber«, murmelte ich. »Sie lieben Ihre Frau, was?«

Ein milder Sonnenstrahl durchbrach den Ernst in Günters Gesicht.

»Danke«, sagte er und wischte den Zehner vom Tresen.

22

Nach Hause zog es mich nicht. Ich versuchte, nicht an Stefans Auto zu denken, während ich die Großbeerenstraße runterschlich, nur weg, egal wohin, zur U-Bahn erstmal. Als ich drin saß, hatte ich genug über den Zusammenhang zwischen Stefans Tod und Kuhls Menschenfreundlichkeit gegrübelt, um zu wissen, wohin es mich zog. Zum Senefelderplatz.

Das Bier hatte inzwischen ebenfalls seinen Weg gemacht. Die fettige Kellnerin im *Herbarium* beobachtete spöttisch, wie ich zur Toilette rannte, ich registrierte nur, daß sie das Buch weggelegt hatte und daß immer noch irgendwas von Miles Davis lief, bevor ich mich in der Kabine einschloß. Erleichtert ließ ich es rauschen. Ruhe kehrte ein. Ich überflog die Klosprüche. Sie waren genauso dumm wie die im Westen. Die meisten drehten sich um den Unterleib. Ich packte meinen wieder ein, zog die Spülung und ging nach vorn.

»Na, Mister Bond, wo sind die Haare«, griente die Kellnerin, während sie ein volles Tablett an mir vorbeitrug. Sie sah mir aus der Nähe ins Gesicht und wurde ernst. Ich wartete. Drei Tische waren besetzt. Sie verteilte die Getränke und nahm auf dem Rückweg ein paar Bestellungen auf.

»Hau ab«, zischte sie.

»Was denn«, sagte ich unschuldig.

Sie zapfte. »Nee, ich hab nichts von Stefan gehört, und mich interessiert der ganze Scheiß auch nicht. Geh zu Tino, der kennt sich aus mit sowas.«

»Ist nicht mehr nötig. Siehste doch.«

»Der war das?« Sie lachte hämisch. »Dann weißte ja, woran du bist. Laß mir Stefan in Ruhe.«

Sie schenkte zwei Weizen ein und brachte sie weg. Die Jungs, für die sie bestimmt waren, riefen ihr was Freundliches zu, aber sie kam sofort zurück.

»Gegenvogel ist 'n Arschloch«, sagte ich. »Der hat Stefan wegen irgendwas am Wickel, nicht ich.«

»Quatsch«, fauchte sie.

»Doch. Deswegen hat er mich doch in die Mangel genommen. Weil er dachte, ich weiß was.«

»Weißte oder weißte nich«, fragte sie wütend.

»Nee.«

»Dann kümmer dich um deinen eigenen Dreck und laß Stefan in Ruhe.«

»Ich will ihn wenigstens warnen.«

»Wovor denn, wenn du nichts weißt.«

»Versuch ich ja grad rauszukriegen. Hatte Stefan irgendwas mit Immobilienspekulanten zu tun? Aus dem Westen?«

»Hatte?« Sie setzte nervös einen zu kräftigen Schuß aufs Bier.

»In letzter Zeit mein ich.«

»Quatsch.«

Sie lieferte das Bier ab. Die Jungs ließen sie nicht gleich los. Ich wartete und bekam Lust auf ein Bier. Nichts zu machen ohne Geld. Nicht hier.

»Son Scheiß«, sagte sie und knallte das Tablett neben mir auf die Theke. »Daher weht der Wind also. Aus der Ecke also. Von wegen Immobilien. Von wegen Wessis. Um seine Oma gehts euch also. In was fürn Scheiß wollt ihr die reinziehen, was Politisches oder was?«

»Wieso Oma ...«

»Scheiß Wessis, die einen rauben uns aus und die anderen wollen uns dann für ihre scheiß Klassenkampfspielchen benutzen, hau bloß ab. Davon haben wir genug, von beiden.«

Sie war laut geworden. Die Jungs schauten neugierig rüber. Sie wischte sich eine Strähne aus dem Gesicht und verstaute sie hinter dem Ohr und sah mich ruhig an.

»Ich glaub nicht, daß du hier was trinken willst.«

»Nein«, sagte ich. Ein leichtes Zugeständnis. Sie machte sich an die nächsten Bestellungen, ohne mich weiter zu beachten. Ich ging langsam vor die Tür und blinzelte in die Abendsonne. Es war kurz vor acht.

Seine Oma also. Ich wußte nichts über seine Oma. Das bedeutete … noch einen Besuch bei ihm.

Irgendein Fenster plärrte die Fanfare der Tagesschau in den Hinterhof. Ich stieg auf den Müllcontainer und kletterte in die Küche.

Es stank und summte. Als sich meine Augen ans Zwielicht gewöhnt hatten, erkannte ich einen Fliegenschwarm, der sich um die Überreste von Fisch und Käse auf der Anrichte stritt. Armer Stefan.

Ich ging leise ins Wohnzimmer. Es war totenstill. Alles lag noch genauso da, wie ich es verlassen hatte. Kalinka hatte also doch nicht die Bullen gerufen, sonst wären die längst hiergewesen. Ich erschrak. Schwindlig sank ich in einen Sessel und starrte eine Weile den Kachelofen an. Plötzlich hatte ich das Bedürfnis, mit Kalinka zu sprechen. Ihr zu danken, sie zu umarmen, ihr alles zu versprechen, egal was. Mit klopfendem Herzen lief ich durchs Zimmer und suchte das Telefon. Das Telefon. Das Telefon.

Er hatte ja gar keins.

Ich schwankte in die Küche.

Er hatte nicht mal Bier im Kühlschrank.

Ich nahm meinen Verstand zusammen und ging zurück und setzte mich an seinen Schreibtisch. Die Ecke mit seinen Geburtstagsgeschenken hatte was von einem Altar. Viel war es nicht, ein Fläschchen Parfüm, eine Fahrradwanderkarte für Berlin und Umgebung, ich hatte nicht gewußt, daß er ein Fahrrad besaß, ein paar Bücher, darunter der *Toole,* den ich ihm geschenkt hatte, gebraucht, naja. Ich blätterte die Glückwunschpost durch. Postkarten mit Motiven, die eindeutig von keiner Oma kamen. Dazwischen ein Umschlag, ich zog die Klappkarte raus, die drinsteckte. *Lieber Stefan, alles Gute* undsoweiter, *Deine Oma.* Der Absender auf dem Umschlag: Elfriede Krepp, Maximilianstr. 67, Berlin-Pankow.

Ich legte alles wieder ordentlich hin, warf einen letzten Blick über seine Habseligkeiten und ging zur Tür. Ich machte auf und linste um die Ecke. Der Prophet vom Treppenabsatz war verschwunden. Ich trat raus und wollte die Tür zuziehen. Das Haus wackelte.

Ich ging zurück in Stefans Küche. Angewidert sah ich mich nach seinem Mülleimer um. Er stand unter der Spüle, weißes Blech mit Deckel. Ich nahm den Teller mit den Essensresten und kippte das Zeug rein. Die Fliegen schwärmten empört über dem Rand des Eimers.

Ich machte den Deckel drauf.

23

Pankow. Ich schaute mir den Stadtplan im U-Bahnhof Vinetastraße an und hielt mich in Richtung Norden, bis ich auf die Maximilianstraße traf. Ein Blick in die Schaufenster der Modegeschäfte, und ich hatte ein Millionenheer von Rentnern vor Augen, die in den farblosen Wohnblocks besseren Tagen nachhingen. Ich hatte ein bißchen mehr erwartet, schließlich war das mal das Ostberliner Regierungsviertel gewesen. Kein Wunder.

Oma Krepp war eine zierliche alte Frau mit weißen Haaren und einer Lesebrille, über deren Rand hinweg sie mich neugierig ansah.

»Oswald«, sagte ich und hielt ihr meine Hand hin. »Kollege von Stefan.«

Sie ignorierte meine Hand.

»Jaja«, nickte sie. »Kommen Sie doch rein.«

Damit ließ sie mich vor ihrer Tür stehen und trippelte davon. Ich folgte ihr.

»Hierher«, rief sie von irgendwo. Ich fand sie in einer Art Wohnküche, die sich an ein Durchgangszimmer anschloß. Sie stand am Backofen, schaute kurz rein und machte ihn wieder zu. Es roch nach Kuchen.

»Fast fertig«, sagte sie.

Ein Fenster ging nach Westen, die Sonne goß ihr letztes goldenes Licht über altmodisches Küchenmobiliar, das mich dunkel an meine eigene Großmutter erinnerte, an Winterabende mit prasselnden Holzscheiten und Geschichten, die nicht enden wollten. Beruhigenderweise hatten wir Sommer. Oma Krepp lächelte und bot mir einen Stuhl an.

»Ich mach Ihnen 'ne Tasse Tee«, sagte sie freundlich.

»Danke, nicht nötig.« Ich setzte mich.

Sie sah mich prüfend an und zwinkerte. »Ich hab auch Bier.«

»Ja, nein, im Moment nicht, danke ...«

»Stefan hat schon von Ihnen erzählt«, unterbrach sie mich. »Ich hab mir schon gedacht, daß er Sie mal mitbringen würde, aber daß er Sie allein herschickt?«

Sie setzte sich zu mir an den Küchentisch und schob ein aufgeschlagenes Kreuzworträtselheft zur Seite.

»Also genaugenommen hat er mich gar nicht geschickt.«

»Nein?« Sie strahlte. »Ich hatte den Jungen schon im Verdacht, daß er allmählich gewisse Westallüren annimmt. Nichts für ungut, aber was ich so höre, ist mir das doch alles ein bißchen zu lässig bei euch. Naja, sind ja nicht alle gleich. Dann sind Sie also von selber gekommen? Das ist aber liebenswürdig von Ihnen. Ich krieg nicht mehr viel Besuch mit meinen achtundsiebzig Jahren, wissen Sie.«

»Mhm.«

»Stefan kommt ab und zu vorbei, und manchmal bringt er wen mit. Kennen Sie seine Freundin, Ursula heißt sie glaub ich.«

»Diese ... Kellnerin?«

»Genau.« Sie neigte sich verschwörerisch über den Tisch. »Also, die ist doch eigentlich zu dick für ihn, finden Sie nicht?«

»Ich wußte gar nicht, daß sie seine Freundin ist.«

»Naja, heiraten will er sie wohl nicht grade. Gott sei Dank.« Sie kicherte.

»Mhm«, sagte ich.

»Trotzdem schön, daß Sie gekommen sind.« Sie machte ein besorgtes Gesicht. »Ich geh Ihnen doch nicht auf die Nerven mit meinem Geschwätz?«

»Neinnein ...«

»Wissen Sie, manche Leute denken, ich bin nicht mehr ganz richtig im Kopf. Nur weil ich ab und zu mal was durcheinanderbringe. Ist ja auch normal. Werden Sie erstmal so alt.«

»Ich bring auch ab und zu mal was durcheinander, kein Problem.«

Sie kicherte. »Das ist 'n Wort. Wollen Sie nicht doch 'n Bier?«

»Okay, geben Sie her.«

Sie trippelte zum Kühlschrank und holte eine Flasche raus.

»Sehen Sie, jetzt hätt ich fast unseren Kuchen vergessen.« Sie stellte die Flasche auf den Kühlschrank und machte den Backofen auf.

»Riecht gut«, sagte ich.

»Ich glaube, er ist fertig.« Mit zwei dicken Handtüchern, die neben dem Herd bereitlagen, holte sie die Kuchenform raus und hob sie auf die Anrichte. »Jetzt muß er nur noch ein bißchen abkühlen, dann können wir.«

Sie kam zurück und setzte sich. »In letzter Zeit denkt sogar Stefan, daß ich nicht mehr alle Tassen im Schrank habe«, sagte sie vertraulich. »Aber meinen Kuchen ißt er immer noch gern.«

»Er hängt ziemlich an Ihnen, was.«

»Hat er das erzählt«, fragte sie gerührt. »Ach ja, sehen Sie, seine Eltern haben sich eigentlich nie richtig um ihn gekümmert. Und dann sind sie ja auch gestorben, bei dem Autounfall damals. Seitdem hat er nur noch mich. Der arme Junge.«

»Mhm«, sagte ich. »Ich glaub, er macht sich Sorgen um Sie.«

»Ach was. Ich bin noch ganz schön helle«, kicherte sie.

»Nicht deswegen. Er hat irgendwas von, äh, Immobilienspekulanten aus dem Westen angedeutet ...«

Sie riß die Augen über dem Rand der Lesebrille auf. »Das wissen Sie? Jaja, ich war ja schon immer dagegen. So.« Sie ging zur Anrichte, legte einen Teller auf die Kuchenform und drehte sie um. Geheimnisvoll wie bei einer Zaubervorstellung hob sie die Form ab. Ein Marmorkuchen mit Rosinen sprang aus dem Hut. Sie lächelte stolz.

»Gegen was«, sagte ich.

»Dieser Kohl ist doch ein Betrüger. Aber einer alten Frau glaubt ja keiner was.«

»Och, da sind Sie bestimmt nicht die einzige, die das denkt. Nützt nur leider nichts.«

»Neinnein«, sagte sie geschäftig, während sie zwei kleine Teller aus dem Schrank holte. »Der andere lebt nämlich noch, aber natürlich denken alle, ich spinne.«

»Welcher andere?«

»Nun ja.« Sie hatte zwei Kuchenstücke abgeschnitten, legte sie auf die Teller und brachte sie zum Tisch. »Probieren Sie mal, aber wahrscheinlich ist er noch ein bißchen heiß. Wollen Sie nicht doch ein Täßchen Tee?«

»Neenee«, sagte ich. Die Flasche stand ganz verloren auf dem Kühlschrank.

Sie setzte sich. »Also, und der Emmerich ist ja nach dem Krieg in der Gefangenschaft verschollen gewesen, nicht? Ein gutaussehender Mann damals. Aber zu jung für mich.« Sie kicherte, dann warf sie ihr Gesicht in konzentrierte Falten. »Dem hat das Haus hier gehört. Und jetzt wills dieser Kohl haben. Ja, so ist es.«

Ich erstarrte. »Sie meinen Kuhl.«

»Sag ich doch. Aber der Emmerich lebt nämlich noch.«

Sie lehnte sich zurück und sah mich gewichtig an. Ich biß gedankenlos vom Kuchen ab und verschluckte mich. Als ich ausgehustet hatte, schüttelte sie milde den Kopf.

»Ich seh schon, Sie halten mich auch für verrückt.«

»Gar nicht«, würgte ich.

»Nein?« fragte sie skeptisch. »Warten Sie, ich zeig Ihnen was.«

Sie verschwand mit kleinen eifrigen Schritten im Nebenzimmer. Ich hörte sie Schubladen öffnen und drin rumkramen. Das Bier wartete ungeduldig, ich überlegte, ob ich mich selbst bedienen sollte, aber da kam sie zurück. Mit einem dicken Fotoalbum.

»Mal sehen«, sagte sie und wackelte zu ihrem Stuhl. »Hoffentlich ist es das richtige.«

Sie schlug die erste Seite auf. Ich lehnte mich über den Tisch. Das uralte Foto eines jungen Mannes in Wehrmachtsuniform.

»Sehen Sie.« Sie rückte ihre Brille zurecht. »Das war mein Mann. Leider auch im Krieg geblieben.«

»Tut mir leid«, murmelte ich.

Sie lächelte geistesabwesend. »Schmuck sah er aus, nicht wahr. So ein sauberer junger Bursche. Ob Sies glauben oder nicht, ich mußte seine Handtücher nur alle drei Wochen waschen.«

»Mhm.« Ich schluckte. »Das Bier ...«

»Nein nein, keinen Tropfen. Er hat nicht getrunken und nicht geraucht. So ein anständiger Junge. Tja.« Sie holte traurig Luft und blätterte weiter. Ihr runzliger Zeigefinger überflog Seiten, die dicht mit vergilbten Fotos vollgeklebt waren. »Hier unser Sohn, das einzige, was mir von Georg geblieben war ... Er hatte leider nicht viel von seinem Vater, ein bißchen nachlässig war er schon immer, wahrscheinlich hat ihm die väterliche Hand gefehlt, naja. Hat sich auch nicht gebessert, als er geheiratet hat und Stefan zur Welt kam, das arme Kind ... Hier, Stefan an seinem ersten Schultag.«

Das Foto zeigte einen blassen, ungesund dicklichen Jungen, in dem Stefan nur schwer wiederzuerkennen war. Ich nickte.

»Hat sich ganz schön rausgewachsen seitdem.«

»Jaja«, strahlte sie, »er geht mehr nach seinem Großvater. Also warten Sie mal, jetzt muß es gleich kommen, es muß in der dritten oder vierten ... ja. Da haben wirs.«

Sie drehte das Album zu mir. Ihr Finger zeigte unnötigerweise auf ein großes Foto, das die ganze Seite einnahm. Ein Klassenfoto, die Mädchen vorne sitzend, die kleineren Jungs und ein paar größere Mädchen in der zweiten Reihe, die großen Jungs hinten, der Lehrer am Rand. Einige der Kinder trugen eine Art Uniform, weiße Blusen und dunkle Halstücher. Pioniere, nahm ich an.

»Sehen Sie Stefan«, sagte sie, »da in der zweiten Reihe, links am Rand.«

Ich erkannte ihn. Er sah sich etwas ähnlicher als auf dem ersten Foto. Auch er trug das Pionierhemd, aber ohne Halstuch.

»Ich hab ihn damals nicht gleich wiedererkannt. Es lagen ja immerhin gut dreißig Jahre dazwischen«, sagte sie entschuldigend.

Ich brachte ein Kopfschütteln zustande.

»Hier.« Ihr Finger tippte triumphierend auf den Lehrer. »Otto Emmerich.«

24

Der Kühlschrank schaltete sich ab, schnurrend und scheppernd, mit einem Beben, das die Bierflasche ein kleines Stück wandern ließ. Ich stierte sie an. Irgendwas war damit. Bier. »Otto Emmerich«, wiederholte ich.

Oma Krepp nickte erfreut. »Sehen Sie? Aber alle denken, ich habe …«

»Und dem hat früher dieses Haus gehört?«

»Wenn ichs Ihnen sage. Und nicht nur dieses. Dann war er für tot erklärt, und es hat seiner Witwe gehört erstmal. Eine unangenehme Person. Bis es enteignet worden ist. Aber er war ja gar nicht tot, sehen Sie.«

Er sah in der Tat ziemlich lebendig aus. Ein kräftiger Mann in den Fünfzigern, mit vollem Haar und energischem Blick.

»Von wann ist das Foto?«

»Also mal sehen, dritte oder vierte Klasse war das, das heißt …«

»Mitte Siebziger«, schätzte ich.

»Jaja. Ich hab ihn nicht gleich wiedererkannt damals, nach mehr als dreißig Jahren. Aber immer noch ein gutaussehender Mann«, sagte sie versonnen.

»Mhm. Und dieser Kuhl will jetzt das Haus.«

»Ein Betrüger«, sagte sie und hob ihre zierlichen Schultern. »Aber ich hab den nicht gewählt, das sag ich Ihnen. So dusselig bin ich noch nicht.«

»Ist ja 'n Ding. Der Emmerich war also nach dem Krieg erstmal verschollen?«

»In der Gefangenschaft, ja. Bei den Russen.«

»Und dann kommt der zurück und dem gehören also diese ganzen Häuser und der wird einfach Grundschullehrer im Osten. Ist ja 'n Ding.«

Aufgeregt klappte sie das Album zu. »Aber seine Frau hat Bescheid gewußt. Sie hat ihm ja geschrieben.«

Meine Finger bohrten sich in das Kuchenstück.

»Der Brief? Sie kennen diesen Brief?«

Sie lächelte. »Sehen Sie, da machen Sie Augen. Stefan hat auch erst gedacht, ich spinne. So leicht macht der Junge seiner Oma nichts vor. Aber als er gestern mit dem Brief kam, hat er mir dann doch alles geglaubt. Er hat Ihnen davon erzählt«, fragte sie mißtrauisch.

»Hab ich so mitgekriegt.« Ich biß in den Kuchen und schaute sie mampfend an.

»Dabei hat er so geheimnisvoll getan«, sagte sie kopfschüttelnd. »Ich mußte ihm den Brief ja vorlesen, wegen der Schrift. Die alte Schrift, wissen Sie, die lernen Sie ja heute nicht mehr. Und er meinte, ich soll bloß niemandem was davon sagen. Aber wenn Sies eh schon wissen.«

»Jaja«, schluckte ich. »Was stand denn drin.«

Sie rückte ihre Brille zurecht und starrte auf den Tisch, als hätte sie den Brief vor sich liegen.

»Also ... daß ich jetzt nichts durcheinanderbringe ... es war so ... so romantisch, wissen Sie. Ich glaube, er hatte sie verlassen.«

»Emmerich? Seine Frau?«

»Seine Frau. Martha. Martha Emmerich. Und dann hatte sie ihm zurückgeschrieben.«

»Der Brief war also von ihr?«

»Jaja, und zwar ...«

Sie fixierte angestrengt einen Fleck auf der Tischplatte und rieb mit den Fingern drauf rum.

»Lieber Otto«, half ich ihr.

»Richtig.« Sie lächelte gerührt. »Jetzt fällts mir wieder ein. Sie schrieb ihm, daß sie sehr glücklich ist, daß er noch lebt.

Ja. Und daß sie nicht versteht, warum er nicht zu ihr zurückkommen will, und daß sie ihm aber nicht böse ist und daß sie ihm nicht im Weg steht, wenn er neu anfangen will, und daß sie ihn nicht verraten wird. Romantisch, nicht? Dabei war sie so eine unangenehme Person damals.«

»Komisch. Nicht verraten. Sind Sie sicher?«

»Das hat sie geschrieben. Und sie hat ihm viel Glück gewünscht.«

»Hat er irgendwie Dreck am Stecken gehabt? Nazimäßig vielleicht?«

»Nein nein. Nicht mehr als andere. Und bei euch im Westen ist denen doch sowieso nichts passiert.«

»Mhm. Jedenfalls hat er sich mit ihr in Verbindung gesetzt, als er aus der Gefangenschaft kam. Um ihr mitzuteilen, daß er nicht zu ihr zurückkehrt, das geht aus ihrem Brief hervor. Also hat er wohl nicht gewußt, daß man ihn für tot hält, sonst hätt er sich das ja sparen können.«

»Romantisch, nicht?«

»Hm. Ich glaub, jetzt könnt ich doch 'n Bier vertragen.«

Geschäftig erhob sie sich. »Ach was. Ich mach Ihnen schnell 'ne Tasse Tee. Wo wir uns grade so schön unterhalten.«

Mein gequältester Gesichtsausdruck schaffte es nicht, sie zu bremsen. Mit flinken Bewegungen setzte sie ihre alte Küche für mich in Gang. Sie entzündete eine Flamme des Gasherds, füllte einen Kessel mit Wasser und stellte ihn drauf.

»Sind Sie eigentlich auch verheiratet? Stefan hat mir gar nichts darüber erzählt.« Sie holte eine große, bauchige Tasse aus dem Schrank. Viel zu groß.

»Nein«, sagte ich. Mein Blick schweifte zur Bierflasche.

»Aber eine Freundin haben Sie, was?«

»Mhm.«

Kalinka hätte mich sehen sollen. Tee und Kuchen mit Oma Krepp. Nicht mal Bier. Tee und Kuchen. Kalinka und Miriam.

»Entschuldigen Sie«, sagte sie traurig.

»Hm?«

»Sie scheinen nicht gern darüber zu reden. Haben Sie gerade Streit?«

»Tja.«

Die beiden auf der Flucht. Immerhin, meinetwegen hatte sie mit der Kleinen bei Miriam Unterschlupf gesucht, statt die Polizei zu rufen.

»Das wird sich schon wieder geben«, sagte Oma Krepp. Sie zwinkerte mir aufmunternd zu. Für einen Augenblick schloß ich sie ins Herz. Dann öffnete sie eine Schranktür und holte eine Schachtel Hagebuttentee raus.

Hagebuttentee. Wehe den Besiegten.

Die Bocks. Emmerich war anscheinend bei ihnen untergetaucht, als er zurückkam. Er hatte sich wegen irgendwas versteckt. Kuhl hatte irgendwas zu verbergen. Oma Krepp ließ den Teebeutel genüßlich über der Tasse baumeln, bevor sie ihn drin versenkte. Das Wasser kochte, Dampf schoß beinahe senkrecht aus dem Schnabel des Kessels, als wäre die Außenhülle von Oma Krepps kleiner Welt geplatzt und ließe den heißen Atem von Leben und Tod in ihre Küche. Kurt Bock auf Stefans Rücksitz. Sie drehte die bläuliche Flamme ab und wartete, bis das Wasser zu sieden aufhörte. Dann goß sie den Tee auf, stemmte die Arme in die Hüften und betrachtete die Tasse.

»Geduld braucht man im Leben«, sagte sie. »Dann wird alles gut.«

Draußen wurde es allmählich dunkel. Ich hatte keine Ahnung, wo ich die Nacht verbringen sollte. In meinem eigenen Bett – um im Morgengrauen vom Geräusch einrastender Handschellen geweckt zu werden, nein. Ich hatte den Schlüssel zu Kalinkas Wohnung. Kalinka. Nein.

Ich war müde.

Sie machte plötzlich das Licht an. Ich blinzelte erschrocken.

»Mögen Sie keine Rosinen«, fragte sie mich enttäuscht und zeigte auf meinen Teller. Ich schaute runter. Der Rest des Kuchenstücks war völlig zerpflückt, ich hatte die Rosinen rausgebohrt und zu einem kleinen Haufen gesammelt.

»Oh«, sagte ich. »Das ... tut mir ...«

»Ist Ihnen nicht gut? Sie sehen so blaß aus.«

»Nein, ich bin nur etwas ...«

»Trinken Sie erstmal Ihren Tee, Sie werden sehen ...« Sie rannte zur Tasse, fischte den Teebeutel raus und brachte sie mir. Vorsichtig stellte sie sie auf den Tisch. Die Tasse war randvoll, dampfendes Blut, ich starrte sie an, ich starrte Oma Krepp an, ich stand auf und stieß dabei gegen den Tisch, der Tee schwappte über, ein roter Fleck breitete sich aus ... Oma Krepp sah mich verwirrt an.

»Ist Ihnen nicht ...«

»Ich muß ich hab noch zu tun vielen Dank«, stotterte ich und ging mit wackligen Knien raus. Sie folgte mir.

»... ist aber schade, kommen Sie doch mal wieder vorbei, und bringen Sie Ihre ...«

Ich schlug die Tür zu und rannte runter. Vor dem Haus zündete ich mir eine Zigarette an. Sie schmeckte wie etwas Verbotenes. Ich warf sie weg.

25

Mich fröstelte.

Der Geldautomat an der Post am Halleschen Tor sprach noch mit mir. Er spuckte etwas freundliches Blau aus, ich schob es ein mit dem kalten Gefühl, daß es bis auf weiteres das letzte sein konnte, ohne Detlev mußte mein Konto demnächst am Verenden sein. Aber das war es sowieso meistens. Irgendwas würde sich finden. Irgendwas fand sich immer – zum Beispiel in den Kneipen, an denen ich jetzt vorbeispazierte, nein, dafür war keine Zeit, ich vergaß den Blauen in meiner Tasche erstmal und dachte zum Trost an das Bier, das einsam auf Oma Krepps Kühlschrank stand, fern von Freunden. Mich fröstelte. Die Stadt hatte ihre Lichter angeknipst, der Himmel war sehr dunkelblau geworden, der letzte rotgoldene Schimmer zurückgezogen auf einen schmalen Streifen am Rand des Universums. Kuhls Haus, am anderen Ende des Universums, stand dunkel und abweisend, zumindest in den Räumen vorne raus brannte kein Licht. Wenn keiner da war, hatte ich mir auf alle Fälle ein Bier verdient, wenn jemand da war erst recht. Falls ich noch dazu kam. Ich hatte keine Angst. Keiner da, ein Bier, jemand da, auch ein Bier, ich stieg die Stufe hoch, betrat die Halle und klingelte bei Kuhl. Die schwere, blankpolierte Tür schwieg mich an. Ich lehnte mich dagegen und klingelte nochmal. Ich hörte drinnen das Läuten, sonst nichts.

Also ein Bier.

Ein alter Mann kam von draußen rein. Graues Gesicht, Lederjacke, Dackel an der Leine. Er bedachte mich mit einem

Stirnrunzeln, dann hielt er zielstrebig auf die Treppe zu und ging hoch, der Dackel noch zielstrebiger, mit seltsamen kleinen Hopsern über die Kanten des roten Läufers. Auf dem Treppenabsatz blieb der Alte stehen und stemmte sich mit gestrecktem Arm gegen die straffe Hundeleine. Ich hörte das Kratzen der Dackelkrallen. Der Mann schaute zu mir runter.

»Wird keiner mehr da sein«, schnarrte er. »Versuchen Sies einen Stock höher.« Dann zog ihn der Dackel um die Ecke.

»Danke«, sagte ich und folgte ihm.

Dieselbe blankpolierte Holztür, schwer und selbstbewußt, nur daß auf dem Namensschild einfach *Kuhl* stand, ohne Zusatz. Ich klingelte.

Nach einer Weile knarrten die Dielen hinter der Tür. Eine Kette wurde vorgelegt, die Tür öffnete sich, soweit die Kette es zuließ. Eine Frau äugte raus.

Oben kläffte der Dackel. Der Alte schimpfte leise mit ihm. Ein Schlüsselbund fiel klirrend zu Boden.

Ich näherte mich dem Türspalt, um die Frau besser sehen zu können. Mitte Fünfzig, harter Mund. Unangenehme Person.

»Frau Kuhl«, fragte ich.

Sie wich zurück. »Ja?«

»Ha«, sagte ich. »Ihr Mann zu Hause?«

Sie sagte nichts. Ich gefiel ihr nicht.

»Macht nichts«, sagte ich und fixierte sie über die Kette hinweg. »Sie wissen es eh besser.«

»Wenn Sie meinen Mann sprechen wollen, kommen Sie zu den Geschäftszeiten einen Stock tiefer.« Ihr verkniffener Mund zuckte.

Ich grinste.

»Martha Kuhl. Sie haben Emmerich für tot erklären lassen und dann Kuhl geheiratet, stimmts?«

Etwas völlig Unerwartetes geschah. Sie brach nicht zusammen. Sie blinzelte zweimal, das war alles.

»Ich heiße Sonja Kuhl«, sagte sie kalt. »Und Sie sind besoffen.«

Sie knallte die Tür zu.

»Hey«, sagte ich.

Ich hörte, wie der Alte oben ächzend den Schlüsselbund aufhob und aufschloß. Der Dackel knurrte.

Eigentlich hatte sie recht. Sie war viel zu jung für Emmerichs Frau. Die mußte eher im Alter von Oma Krepp sein. Ich rieb mir die Stirn. Da war was schiefgegangen. Trotzdem, unangenehme Person. Ich schüttelte den Kopf und wankte runter. Raus auf die Straße, nach rechts in Richtung *Gezähmter Eber.* Besoffen, von wegen. Ich hatte mich schon nüchterner geirrt. Ich verteilte mein Gewicht sorgfältig auf beide Beine, um nicht zu schwanken, als ich den *Gezähmten Eber* betrat. Es war unnötig, die beiden Veteranen waren nicht mehr da. Günter hatte die Arme auf die Zapfanlage gestützt und schaute stoisch durch eine Gruppe jüngerer Leute hindurch, die jetzt am Ecktisch saßen. Ich ging auf dem kürzesten Weg zur Theke und verankerte meine Ellbogen. Günter hob die Brauen. Ich nickte. Er nickte, nahm ein frisches Glas und begann zu zapfen.

Ich holte meine Zigaretten raus, steckte mir eine an und legte die Schachtel neben den Bierdeckel, der wahrscheinlich noch von vorhin da lag. Merkwürdig. Es war ein eckiger Bierdeckel, die Schachtel war ebenfalls eckig, aber ihre Kanten wollten sich um keinen Preis in eine Parallele bringen lassen.

Ich machte ein Auge zu, dadurch wurden die Konturen klarer, und schob sie in exakte Position. Als ich das Auge aufmachte, lagen sie wieder schief. Ich probierte es mit dem anderen Auge. Dasselbe Ergebnis. Ich überlegte, ob es daran liegen konnte, daß die Kante des Deckels etwas länger war als die der Schachtel. Eigentlich nicht. Aber Mathematik war noch nie meine Stärke gewesen.

Günter brachte das Bier.

Ich plazierte den runden Fuß des Glases genau in die Mitte des Deckels. Auch das war nicht einfach, aber genau betrachtet waren die Kanten des Deckels jetzt nicht mehr gerade, sondern leicht gebogen. Damit erledigte sich schon mal die Frage der Parallele. Ich hob das Glas und trank.

Jemand kam rein. Ich setzte das Glas ab, wischte mir den Schaum von der Lippe und sah mich um. Er war bereits hinter mir vorbei, ich schaute auf die andere Seite. Der Alte aus dem Treppenhaus, graues Gesicht, Lederjacke, aber jetzt ohne Dackel. Günter begrüßte ihn. Er setzte sich auf einen Barhocker.

»Tja«, seufzte er. »'n Bierchen.«

Er kramte in seiner Jacke und brachte eine Schachtel Zigarillos zum Vorschein. Feierlich klappte er es auf, nahm eins raus und steckte es sich in den Mund. Dann begann er seine Taschen abzuklopfen. Eine Sorgenfalte erschien auf seiner Stirn.

»Gib doch ma Feuer«, schnarrte sein Zigarillo.

Günter lachte. »Für deine Stinkerstäbchen ...«

Ich langte rüber und hielt dem Alten mein Feuerzeug unter die Nase. Etwas schwankend, aber es klappte. Er paffte ein paarmal, bis das Ding richtig brannte, und brummte zufrieden. Ich kehrte zu meinem Bier zurück. Günter stellte ihm seins auf die Theke.

»Auch 'n Freund von Kuhl«, sagte er und wies mit dem Kinn in meine Richtung.

»Tja«, seufzte der Alte und nippte genießerisch an seinem Glas.

»Danke für den Tip vorhin«, sagte ich.

Er schmatzte und zog an seinem Zigarillo.

»Hat nur nicht viel gebracht, was.«

»Nee«, sagte ich und zog an meiner Zigarette.

Günter verfolgte mißmutig die Rauchschwaden, mit denen wir den Himmel über seiner Bar verpesteten. Ich schaute ihn von der Seite an. Er sah aus, als hätte er sich das Rauchen irgendwann mal mühsam abgewöhnt. Wahrscheinlich seiner Frau zuliebe. Ich fragte mich, wieso er nicht gleich den Beruf gewechselt hatte. So wie Emmerich. Nur, daß Emmerich es nicht seiner Frau zuliebe getan hatte. Aber Günter ja offensichtlich auch nicht. Es war überhaupt falsch, irgendwas einer Frau zuliebe zu tun. Ich dachte an Kalinka.

»Die hat ganz schön Haare auf den Zähnen«, schnarrte der Alte.

»Oh ja«, seufzte ich. »Mütter ...«

»Ist sie ja gar nicht. Noch viel schlimmer.«

Ich hob mein Glas. »Was?«

»Sie ist gar nicht die Mutter von dem Jungen. Die ist damals bei der Geburt gestorben. Sie ist seine zweite Frau.«

Ich begriff, wovon er sprach. Ich trank erstmal das Bier aus. Ich stellte das Glas ab. Genau in die Mitte des Deckels.

»Woher wissen Sie 'n das«, lallte ich.

Er lachte bitter. »Ich wohn seit dreißig Jahren in dem Haus.

Deswegen kriegt er mich jetzt auch nicht so leicht raus. Auch wenn ers mit allen Mitteln versucht.« Er paffte an seinem Zigarillo. »Meine Frau ist richtig krank geworden deswegen.«

»Liegt im Krankenhaus«, warf Günter ein. »Wie gehts ihr denn?«

»Tja«, knurrte der Alte. »Naja.«

»Und seine erste Frau«, sagte ich nach einer Pause, die mir angemessen schien. »Wie hieß die? Martha?«

Der Alte funkelte mich wütend an.

»Frag ihn selber. Wenn ers noch weiß.«

Er widmete sich seinem Bier. Günter stützte sich auf die Zapfanlage und betrachtete ihn bedauernd. Ich ließ die Theke los, machte einen Ausfallschritt, brachte mich ins Gleichgewicht, zog den Hunderter aus der Tasche und legte ihn hin.

»Einen Whisky. Und wosser nächsse Friedhof.«

26

Das Taxi, das mich lautlos, wie mir schien, durch die dunklen Straßen getragen hatte, lud mich am Mehringdamm ab, ich zahlte, stieg aus und hielt mich einen Augenblick an der Tür fest, bevor ich sie zuschmiß. Es war endgültig Nacht geworden: das gelbe Rechteck auf dem Taxidach sauste, wie mir schien, in Wirklichkeit fuhr es wahrscheinlich nur, den Mehringdamm runter, ich schaute hoch und sah eine Million kleiner Taxilichter, die irgendwohin sausten. Wohin ... Ich sah mich um. Wahrscheinlich fuhr ich nur. Nein, ich stand.

Vor einem Imbiß, in dem noch Licht brannte. Wegzehrung. Friedhöfe waren nicht zu unterschätzen. Ich taumelte rüber, ignorierte den Verkäufer, der zu wissen schien, was ich wollte, und faßte das Schnapsregal ins Auge. Lauter kleine Flaschen. Magenbitter, Korn, schlechter Whisky, schlechter Wodka. Ich ließ mir Zeit. Wer auf den Friedhof geht, hat Zeit, ich erinnerte mich an einen Witz, zwei alte Frauen treffen sich auf dem Friedhof ... Friedhof. Ich schaute mich um, ich war nicht zum Spaß hier, drüben war es dunkel, ein paar Baumwipfel zeichneten sich gegen den Nachthimmel ab und eine Mauer. Ich hielt mir die Armbanduhr vors Gesicht und kniff ein Auge zu, um zu erkennen, wie spät es war. Reichlich, irgendwas mit elf. Sagt die eine, sagen Sie mal, wie alt sind Sie eigentlich. Die andere: achtundsechzig. Neunzehn vor elf. Magenbitter, Korn, Whisky, Wodka. Sagt die eine, und da trauen Sie sich noch, so einen Hut zu tragen? Der Verkäufer grinste. Dummkopf, ich war noch gar nicht fertig. Mein Magen drückte, das mußte der Kuchen von Oma Krepp sein, aber deswegen Magenbitter? Ich haßte das Zeug. Paar Minuten später, die eine sagt, hach, ist ja gleich fünf, jetzt muß ich aber nach Hause. Die andere: wie alt sind *Sie* eigentlich? Die eine, siebzig. Der Verkäufer grinste immer noch. Immer noch neunzehn vor elf. Ach was, und da gehen Sie extra noch nach Hause?

»Wodka«, sagte ich.

Das war das Richtige. Wodka mochte ich nicht besonders, also kein Drama, wenn er auch noch schlecht war. Der Verkäufer schob ein Fläschchen rüber. Ich überlegte, wieviele Taschen ich noch frei hatte, wenn man die abzog, die von der Zigarettenschachtel besetzt war.

»Drei«, sagte ich.

Er trommelte auf der Glasplatte, bis ich einen Zwanziger rausgezogen hatte, erst dann stellte er zwei weitere Flaschen dazu. Er nahm den Schein und gab mir ein paar Münzen zurück, ich verzichtete auf Mathematik und schob sie ungezählt ein. Dann die Flaschen, eine nach der anderen, während mir der Verkäufer auf die Finger zu sehen schien, ob ich mit den Taschen richtig gerechnet hatte. Ich hatte. Ich nickte befriedigt. Er wandte sich beleidigt ab. Auch einer, der immer das letzte Wort haben mußte.

Ich ging über die Straße.

Der Friedhofseingang, ein gemauerter Torbogen mit zwei eisernen Gittertüren, war abgeschlossen. Dahinter unübersichtliches Gelände, Büsche, Bäume und unregelmäßige Grabsteinreihen, grauschwarz. Hinten verlor sich alles im Dunkel. Wahrscheinlich riesengroß. Und sicher nicht alphabetisch geordnet. Eher nach Todesjahren. Neuzugänge hinten anstellen, und jeder nur einen Stein. Am Torbogen hing ein Schild. Ich kniff ein Auge zu.

Durchgang zum Dreifaltigkeitsfriedhof.

Dreifaltigkeit, na bitte, ich überlegte, wie ich mit den Flaschen heil auf die andere Seite kommen sollte. Die Gittertüren waren viel zu hoch und liefen oben in gefährlichen Spitzen aus. Ich ging an der Friedhofsmauer entlang, Backstein, relativ niedrig, oben glatt, aber auf dem Mehringdamm war mir zuviel Verkehr, außerdem spürte ich den Blick des Imbißverkäufers, der mißgünstig drüben in seiner Neonbude hockte. Ich ging bis zur Blücherstraße und bog um die Ecke. Es wurde dunkler und ruhiger. Die Backsteinmauer endete nach ein paar Metern, eine Wand aus Formsteinen mit rautenförmigen Löchern schloß sich an, ideal zum Drüberklettern. Ein Stück weiter die Straße runter ragte verschwiegen die Kuppel der Heiligkreuzkirche in den Himmel.

Ich hievte mich hoch und plumpste auf der anderen Seite zwischen die Büsche.

Ich war nicht besonders geschickt gefallen, aber mir tat nichts weh, vielleicht hatten die Zweige, die mich gekratzt hatten, zum Ausgleich meinen Sturz etwas gedämpft. Ich faßte mir ins Gesicht. Es war klitschnaß – Schweiß, kein Blut, wie ich erleichtert feststellte. Die Flaschen waren noch ganz. Ich kroch aus dem Gebüsch, mein Kopf streifte etwas Hartes. Ein Grabstein. Ich war da. Plötzlich war ich aufgeregt. Pause, Wegzehrung, ich setzte mich hin, lehnte mich an den Grabstein und schraubte die erste Wodkaflasche auf.

Lauwarm zwängte er sich durch meine Kehle, er brannte nicht mal, sondern machte sich mit quälender Schalheit in meinen Eingeweiden breit. Lauwarm wie die Nacht um mich herum – ich legte den Kopf zurück und schaute nach oben, durch die Zweige über mir in den schwarzen Himmel, über den die Taxilichter sausten … die Sterne natürlich, und sie sausten allmählich langsamer, der Wodka bremste wohl. Ich schraubte das Fläschchen wieder zu, behielt es aber in der Hand, während ich mein Feuerzeug rausholte und den Grabstein beleuchtete.

HALT DEN SCHNABEL

Halt den Schnabel. *Halt den Schnabel.* Komischer Grabspruch, möglicherweise ein Atheist, der Gebete verhindern wollte …

Die Flamme hatte allerdings geflackert, ich leuchtete nochmal und kniff ein Auge zu.

WALTHER SCHNABEL
1916 – 1987

»Walther«, lallte ich. Siebenundachzig. Ich setzte mich auf den Stein und dachte nach. Arnies Mutter war bei seiner Geburt gestorben, er war ungefähr Ende zwanzig, also mußte sie ... irgendwann ... Mitte der Sechziger. Das war schon mal eine grobe Orientierung: das Grab mußte ganz woanders sein. Ganz woanders. Büsche links und hinten, rechts eine Reihe Grabsteine bis zu einem Baum, der leicht schwankte. Dahinter stieß ich auf eine Art Pfad, nach ein paar Schritten auf eine Kreuzung. Vier Achterbahnen aus Staub, die sich unter meinen Stiefeln trafen, auch sie schwankten und schlugen aus und brachten mit ihren Loopings die Bäume zum Wackeln. Ich stampfte. Das Spektakel legte sich. Ich schraubte das Fläschchen auf, trank es leer und schraubte es wieder zu. Staub zu Staub, auch Kalinka würde eines Tages hier landen, kein Wodka hin oder her. Ich lachte boshaft.

»Kawodka«, rülpste ich, schlenderte an einem Papierkorb vorbei und warf das Fläschchen rein. Es schepperte höllisch, der Papierkorb, ich erschrak und duckte mich. Der Papierkorb hatte mich angeschrien, er war aus Blech. Ich kroch hinter einen Busch. Wie war ich auf Kalinka gekommen? Das war böse. Ich haßte sie, nein, ich liebte sie, sie hatte überhaupt keinen Grund, mir böse zu sein, schließlich hatte sie mich damals angerufen, als sie hochschwanger sitzengelassen worden war, an wen hatte sie da als erstes gedacht, an den alten Ziggy. Was war das für eine Chance gewesen. Tränen stiegen mir in die Augen. Was für eine Chance, und jetzt mußte sie sich meinetwegen mit ihrem Kind verstecken, meinetwegen, oder vielmehr wegen dem Schlamassel, in den ich reingeraten war ... konnte ich wirklich was dafür? Ich schluchzte. Vielleicht war noch nicht alles versaut. Mit staubigen Händen wischte ich mir die Tränen aus dem Gesicht, dann machte ich das Feuerzeug an und beleuchtete den Grabstein, hinter dem ich mich verkrochen hatte. Der Name verschwamm, ich konzentrierte mich auf die Anfangsbuchstaben. Kein K, kein M, die Jahreszahl 1981. Immerhin, ich war nah dran, irgendwo hier, ich schaute mich um, ganz woanders, aber irgendwo hier ... Ich zog mich am Grabstein hoch, schniefte und wankte den Pfad zur Kreuzung zurück.

Die vier Achterbahnen verhielten sich ruhig. Ich traute ihnen nicht. Ohne sie aus den Augen zu lassen, holte ich ein Fläschchen raus und genehmigte mir einen satten Schluck. Der Wodka schmeckte immer noch scheußlich, aber er schien Eindruck zu machen, ich schob seine Gelassenheit vor mir her, während ich den Pfad in Angriff nahm, für den ich mich entschieden hatte. Ruhe bewahren, alles lag in meiner Hand. Büsche, Bäume, Gräber, ich ließ Reihe um Reihe hinter mir, ehe ich an einem Stein niederkniete und die Schrift zu entziffern versuchte. Egal, es war jedenfalls ein Grab aus den Achtzigern, also weiter.

Ich schwitzte. Ein heißes Bad und dann tagelang schlafen – ich fühlte in der Hosentasche nach Kalinkas Wohnungsschlüssel, sie hatte eine Badewanne, der Schlüssel war noch da, gottseidank ...

Benommen saß ich an einem Grabstein und merkte, daß

das Fläschchen, an dem ich nuckelte, leer war. Ich stierte es an, es war leer, obwohl ich es gerade erst angebrochen hatte. Inzwischen mußte ich jede Menge Gräber kontrolliert haben, vielleicht hatte ich dabei was verschüttet. Wieviele waren es gewesen? Ich versuchte mich zu erinnern. Warum saß ich hier. Moment mal, dachte ich, momentmomentmoment, vielleicht hatte ich das richtige Grab gefunden und mir zur Belohnung erstmal den Rest aus der Flasche gegönnt. Ächzend wandte ich mich dem Grabstein zu. Das Feuerzeug klebte noch in meiner linken Hand, ich machte es an. Kein K, kein M, oder doch, ich kniff die Augen zu, nein. Aber die Jahreszahl, ich hielt die Flamme etwas höher, da stand nichts, nein, den Namen hatte ich ja grade gelesen, ich hielt sie tiefer, nochmal der Name, die vielen Buchstaben, noch tiefer. Neunzehnhundert ... vierundsechzig.

Ich kroch zum nächsten Grab. Neunzehnhunderteinundsiebzig, da tanzte einer aus der Reihe, ich kroch weiter, es folgte ein Grab aus den Fünfzigern. Hier war alles durcheinander. Das nächste Grab ... Mein Feuerzeug zündete kaum noch, es war feucht geworden, ich wischte mir die Hände an der Hose ab und merkte, daß ich das leere Fläschchen mitgeschleppt hatte. Ich sah mich nach einem Papierkorb um, dann erinnerte ich mich, daß mit den Papierkörben irgendwas nicht in Ordnung war. Richtig, alle voll, hier wurde zuviel getrunken. Einfach hinter einen Busch werfen ... nein, da war noch was, irgendwer, den ich kannte, würde demnächst auch hier liegen, wer nur. Ich starrte das Fläschchen an, es wurde allmählich zum Problem. Irgendwer, den ich kannte. Es gab nur eine Lösung, ich grub ein kleines Loch, legte das Fläschchen rein und bedeckte es mit Erde. Gestorben, jemand war gestorben. Dann fiel es mir ein: Stefan. War ich deswegen hier? Er hatte mich angerufen, ich hatte doch vorhin erst drüber nachgedacht und war auf irgendwas gekommen, er hatte mich angerufen, weil er sich verstecken mußte, das war eine Chance gewesen, und ich hatte versagt und jetzt war er tot und ich kroch hier rum und suchte ... suchte ... Das war alles sehr traurig. Mühsam stemmte ich mich an einem Grabstein hoch und stand eine Weile schwankend da. Ich merkte, daß ich schon die ganze Zeit heulte. Was lag mir eigentlich an Stefan, ich konnte ihn nicht ausstehen, so war es doch. Außerdem hatte ich noch eine Portion Wodka dabei, das wurde mir plötzlich ergreifend klar. Ich fand das Fläschchen in einer meiner Taschen, schraubte es auf, holte tief Luft und leerte es in einem Zug. Ich versuchte geradeaus zu schauen. Sah alles ziemlich wirr aus. Irgendwo mußte es einen Weg geben, der zum Ausgang führte. Ich machte einen Schritt nach vorne, taumelte dann aber seitlich über mehrere Grabreihen hinweg, Grabsteine rasten mir entgegen, sie kamen von allen Seiten und wurden immer schneller, von oben, von unten, bis mich einer, dem ich nicht mehr ausweichen konnte, am Knie traf. Er schlug mich glatt zu Boden. Ich wälzte mich auf die Seite. Der Wodka schien in meinem Magen aufzuquellen, Luft geschluckt, zu hastig getrunken, ich versuchte zu rülpsen und sank mit dem Gesicht auf die Erde ...

Schmerzen. Ich spürte wie sich Schmerzen in meinem Körper meldeten, im Knie, im linken Ellbogen. Mir war schlecht. Ich öffnete die Augen. Eine Pfütze Erbrochenes glänzte auf einer Steinplatte. Ich spuckte aus, um den bitteren Geschmack in meinem Mund loszuwerden. Wo war ich? Hinter mir ragte ein schwarzer Grabstein auf, goldene Buchstaben glänzten schwach im Mondlicht. Irgendwas kam mir daran bekannt vor. Ich suchte mein Feuerzeug, fand es einen halben Meter neben mir im Staub und hielt es vor die Schrift.

MARTHA KUHL
1927 – 1966

Martha. *Kuhl.* Genau. Ich stand auf, der schwarze Stein schien unter meinen Händen nachzugeben, als ich mich draufstützte. Ich überlegte, ob ich ihn mitnehmen sollte, und schüttelte den Kopf. Mir war schwindlig. Der Himmel hing schräg über den Bäumen, aber wenigstens standen die Grabsteine wieder auf ihren Plätzen. Dabei sollte man es lassen.

Mein Ellbogen sprühte Funken, als ich den Arm hob, um auf die Uhr zu schauen. Kurz nach elf, sah ich mit einem Auge. Ich drehte mich einmal um mich selbst. Büsche, Bäume, in einer Lücke zeichnete sich weit weg die Kuppel der Heiligkreuzkirche ab. Ich schlingerte zwischen den Gräbern hindurch drauf zu, bis ich auf die Mauer stieß. Draußen die Blücherstraße. Als ich es geschafft hatte, stand ich am Straßenrand und machte wenigstens auf mich selbst einen erstaunlich würdevollen Eindruck.

Irgendwann hielt ein Taxi.

27

In Strassers Büro brannte Licht. Ich sah es unter dem Türspalt, es zeichnete einen hellen Balken in die Dämmerung, die von einer verstaubten Glühbirne im Flur des morschen Gebäudes verbreitet wurde. Morsch, alles war morsch hier. Ich war auf Strasser gekommen, weil er von allen Beteiligten der Harmloseste zu sein schien. Zumindest hatte er Angst vor den Bullen, damit hatten wir schon mal was gemeinsam. Morsch gefiel mir. Als sich nach ein paarmal Klopfen nichts tat, nahm ich Anlauf und rannte gegen die Tür.

Ich flog.

Tisch, Stühle, Aktenschränke, Papierkörbe, das Zimmer war gerammelt voll, und alles stand im Weg und wirbelte durcheinander, bis ich gegen eines der Tischbeine prallte und zum Stillstand kam. Ich blieb liegen und hielt den Atem an. Nichts passierte. Niemand stürzte aus dem Nebenzimmer, dessen Tür nur angelehnt war. Anscheinend war ich allein. Ich rieb mir die Birne und sammelte mich.

Bei näherem Hinsehen war der Raum ziemlich karg eingerichtet. Es gab nur zwei Stühle, die ich beide umgeschmissen hatte, einen Schreibtisch mit einem Computer drauf, einen Schrank und einen Papierkorb, dessen Inhalt jetzt über den Boden verstreut war und raschelte, während ich so leise wie möglich aufstand.

Ich hörte ein Stöhnen.

Es kam aus dem Nebenzimmer. Ich schlich hin. Drüben war es dunkel. Noch ein Stöhnen.

»Hallo«, flüsterte ich.

Ein Husten, das durch irgendwas gedämpft wurde.

»Sowas Blödes«, sagte ich und stieß die Tür auf. Ich tastete nach dem Lichtschalter, fand ihn, machte Licht und ging rein.

Auch hier war alles umgeschmissen, ein Computermonitor lag wie ein zertretener Käfer auf dem Boden. Hinter dem umgekippten Schreibtisch stöhnte es wieder. Ich spähte über die Kante. Es war Strasser.

So harmlos hatte ich ihn mir auch wieder nicht vorgestellt.

Er lag längs an der Wand. Von seinem schicken Anzug war nicht mehr viel übrig, und das, was übrig war, war nicht mehr schick. Sein Hemd hing raus, jemand hatte einen Streifen davon abgerissen und ihm vor den Mund gebunden. Seine blonden Locken waren über dem einen Ohr blutverkrustet, sein Gesicht von Blutergüssen und Platzwunden übersät. Ich beugte mich über ihn. Seine Hände waren mit Handschellen auf den Rücken gefesselt, die Kette lief um ein Heizungsrohr dicht über dem Boden. Gegenvogel.

Strasser blinzelte ängstlich zu mir rauf.

»Mmmmmhmmmhm«, machte er, nachdem ich ihn eine Weile ratlos angeglotzt hatte.

Ich bückte mich und band den Knebel los. Er spuckte ein blutiges kleines Stoffbündel aus, hustete und ließ erschöpft den Kopf sinken.

»Machen Sie mich los«, röchelte er.

»Wie denn«, sagte ich.

Er zerrte an den Handschellen.

»Rufen Sie die Polizei.«

»Nee«, sagte ich und schob die Hände in die Taschen.

»Was ...« Er versuchte sich die Lippen zu lecken. Seine Zunge war trocken. »Was wollen Sie.«

»Daten Fakten Hintergründe.«

Er zuckte zusammen. Langsam zog er ein Bein an, um seinen Unterleib zu schützen.

»Ich bin nicht Gegenvogel«, sagte ich und stellte eine Stiefelspitze vor sein Gesicht. »Wir können auch ohne. Also los.«

Er schluckte. »Bitte ... geben Sie mir ein Glas Wasser.«

»Hm. Wo ist denn hier was.«

»Im Vorzimmer ... rechts hinten, die Toilette.«

Ich ging rüber. Ein Glas stand auf dem Rand des Waschbeckens. Darüber hing ein Spiegel. Ich sah furchterregend aus. Schweiß, Dreck und Veilchen. Vorsichtig wusch ich mich mit warmem Wasser und spülte den Dreck aus den Haaren. Das Abtrocknen ließ ich bleiben. Ich füllte das Glas, trank einen ordentlichen Schluck und machte es wieder voll. Als ich damit bei Strasser ankam, hatte ich die Hälfte verschüttet.

»Mund auf«, sagte ich.

Ich schlabberte ihm das Wasser übers Gesicht, ein Teil gelangte tatsächlich in seinen Mund, er schluckte und hustete.

»Bißchen Schnaps wär auch nich schlecht«, lallte ich. »Hamse nich was Kräftiges da?

Er antwortete nicht. Ich richtete einen Stuhl auf und setzte mich.

»Also. Was wollte er.«

»Das Schwein«, ächzte er. »War schon hier, als ich von Kuhl zurückkam ...«

»Kenn ich. Is wohl seine Spessialität. Und dann hat er Ihnen paar Fragen gestellt, was?«

Er krümmte sich.

»Was wollte er denn wissen«, sagte ich.

»Lassen Sie mich in Ruhe ...«

Ich tippte mit der Stiefelspitze auf den Boden. »Ich wills auch wissen. Wenn ichs nich schon weiß.«

»Sie haben ja keine Ahnung«, hustete er.

»Ich war aufm Friedhof.«

Verständnislos bewegte er die Lippen.

»Kuhls erste Frau«, sagte ich. »Martha. Die Witwe von Emmerich. Der aber gar nich tot war.«

»Scheiße«, stöhnte er.

»Das ist nichts neues. Gegenvogel weiß schon lang, was hinter dem Brief steckt. Er weiß nur nicht, was drinsteht. Weil er zu blöd ist.«

Strasser lachte, sichtlich unter Schmerzen. Ich faltete meine Beine auseinander, erhob mich etwas zu schnell und stolperte auf ihn zu. Versehentlich trat ich ihm aufs Knie. Er jaulte.

»Ich will auch was ssu lachen haben«, sagte ich.

»Es ist völlig egal«, stammelte er. »Es kommt gar nicht drauf an, was drinsteht ...«

Ich plumpste auf den Stuhl zurück. »Wieso. Wieso ist er dann so wichtig.«

»Der Brief ...« Er winselte, als ich einen Fuß bewegte. »Der Brief beweist einfach nur, daß sie wußte, daß Emmerich nicht tot war. Als sie Kuhl geheiratet hat. Und Kuhl wußte es auch. Deswegen war die Ehe gar nicht gültig. Mit Kuhl. Bitte ...«

»Und ... und ...« Ich versuchte zu begreifen. »Wieso haben Sie den Brief dann nicht gleich vernichtet. Sie hatten ihn doch lang genug, bis ihn Gegenvogel geklaut hat.«

Er starrte mich finster an.

»Jetzt versteh ich. Sie haben den Brief damals für Kuhl aufgetrieben, und dann haben Sie ihn für sich behalten. Sie wollten Kuhl wohl selber erpressen. Schlawiner.«

Er röchelte. Ich betrachtete die Fetzen seines Anzugs.

»Und alles wegen so 'ner Hütte in Pankow. Das sind doch ... Peanuts.«

»Sie haben ja keine Ahnung«, würgte Strasser hervor. »Kuhl hatte überhaupt nichts. Der hat *alles* von seiner Frau geerbt. Das hat alles Emmerich gehört.«

Ich stieß das Wasserglas um, es rollte ein Stück über den Boden, bis es auf einer Fuge liegenblieb. Ich bückte mich, um es aufzuheben. Strasser verfolgte blinzelnd meine Bewegungen.

»Emmerich«, sagte ich. »Was ist eigentlich mit dem, das muß doch rauszukriegen sein.«

»Keine Ahnung ...«

Ich hob einen Fuß.

»Nein«, brüllte er. »Nein, ich weiß es nicht, ich weiß nur, daß er irgendwas mit Bock zu tun hatte, da war er nach dem Krieg ...«

Ich stand auf. »Bock. Naja, der ist ja tot. Und die Alte ist dumm wie Holz. Wer hat Stefan umgebracht.«

Er stierte mich an. Dann schloß er die Augen und schüttelte den Kopf. Ich tippte mit der Stiefelspitze gegen seine Wange.

»Hauen Sie ab«, brüllte er. »Holen Sie die Bullen oder hauen Sie ab, ich weiß nichts ...«

Er wand sich. Ich überlegte, wohin ich ihm einen Abschiedstritt verpassen sollte, ließ es aber dann und ging ins Vorzimmer. Das Telefon funktionierte noch. Ich suchte Irinas Nummer aus dem Telefonbuch.

Ihre rauchige Stimme klang wie aus einer Gruft. Ich verstand nicht, was sie sagte.

»Hier ist die Perücke«, sagte ich.

»Aah«, sagte sie nach einer Weile. Sie keuchte.

»Alles in Ordnung?«

Keine Antwort. Also wohl nicht.

»Ist er da?«

»Komm her«, krächzte sie plötzlich und legte auf.

28

Die Taxifahrt war zu kurz, um mir darüber klar zu werden, ob ich besoffen genug war, um in eine Falle zu tappen. Oder nur zu nüchtern, um mir was Besseres auszudenken. Oder sowieso keine Wahl hatte. In Zeitnot entschied ich mich für letzteres und ging einfach rauf.

Irina ließ mich rein und machte die Tür sofort wieder zu. Dann fiel sie mir um den Hals. Sie zitterte.

»Er bringt mich um«, keuchte sie.

Ich legte die Arme um sie. Sie japste vor Schmerz, als ich sie berührte. Ich schaute ihr ins Gesicht.

»War er das?« sagte ich.

Sie nickte, dann schüttelte sie den Kopf und fing an zu weinen. Einen Arm gegen die Wand gestützt, schleppte sie sich in ihr unordentliches Zimmer. Dort fiel sie auf die Knie.

»Ich hab denen verraten, wo er hinwollte«, schluchzte sie. »Er bringt mich um …«

»Wem«, sagte ich. »Arnie ...«

»Sie waren zu zweit ... sie ... haben ...«

Ich kniete nieder und streichelte ihren Rücken. »Wann.«

»Vor 'ner Stunde vielleicht. Er war grade gegangen.«

»Wo wollte er denn hin«, sagte ich und fühlte mich sehr müde.

»Er war hier«, sie sah mich mit nassen Augen an, »und hat seine Pistole geholt und dann hat er telefoniert, mit einer Frau ... Bock ...«

»Pistole. Scheiße.«

»Die hat er mir gestern erst gebracht. Für den Fall ...«

Ich taumelte hoch. Das Telefon stand im Flur auf dem Fußboden. Praktischerweise hatte Gegenvogel das Telefonbuch aufgeschlagen liegengelassen. Ich wählte die Nummer der Bocks. Niemand ging ran.

»Irina«, rief ich, »wie ist die Nummer von seinem Büro?«

»Da ist er nicht. Hab ich schon die ganze Zeit versucht.«

»Und seine eigene Wohnung.?«

Ich hörte sie leise wimmern. »Auch nicht.«

Ich kroch zurück. Sie lag zusammengerollt zwischen ihren Klamottenhaufen und rührte sich nicht.

»Irina«, sagte ich sanft.

Sie starrte ausdruckslos vor sich hin. Leer, müde, wie ich. Langsam senkte ich den Kopf, bis meine Stirn ihre Schulter berührte.

»Hilf mir«, flüsterte sie.

Sie zitterte nicht mehr. Ich schloß die Augen und spürte ihre Wärme. Ich fühlte mich kalt und schmutzig, eine lange dunkle Wolke, die sich abwärts bewegt. Für eine Sekunde träumte ich davon, daß es helfen konnte, einfach da zu sein und zu wissen. Aber so genügsam war das Leben nicht, im Gegenteil, keiner wollte allein sein und damit fing alles erst an. Irina bewegte sich.

»Seine Datscha«, sagte sie. Ihr Blick flackerte. Sie richtete sich auf.

»Was«, sagte ich.

»Er hat so 'ne Datscha, unten in Köpenick ...«

»Schön«, sagte ich. »Haste Bier im Kühlschrank?«

»Bier.« Ein Ausdruck von Erleichterung huschte über ihr verschwollenes Gesicht. »Er hat gesagt, daß er über Nacht wegbleibt ...«

Sie erhob sich und wankte raus. Kurz darauf kam sie mit einer Halbliterdose zurück. Sie reichte sie mir.

»Da finden Sie ihn nicht«, sagte sie und knetete ihre Oberarme.

Ich ließ die Dose zischen.

»Wir sollten ihn trotzdem warnen.«

»Ich ... er darf nicht wissen, daß ich ...« Sie hockte sich neben mich. »Er bringt mich um.«

»Wenn er dazu noch Gelegenheit hat. Die sind gefährlich. Die haben Stefan umgelegt.«

Ich nippte an der faden Brühe. Nicht mal richtig kalt. Ich fühlte mich an die Getränke auf dem Friedhof erinnert, was war das gleich gewesen ... Ich verzog das Gesicht und rülpste, während Irina mich fassungslos ansah.

»Kann nichts dafür«, ächzte ich. »War auch nicht gekühlt ... ach ja, die Datscha. Dann fahren wir jetzt da hin.«

»Stefan ... die waren das?«

»Sicher. Denkste, der ist über seine Schnürsenkel gestolpert?«

»Was wollen die von Tino?«

»Das kann er uns am besten selber erklären. Komm.«

Sie schüttelte den Kopf. Mechanisch begann sie, ein paar der herumliegenden Klamotten auf einen Haufen zu werfen. Sie sah mich nicht an.

»Nein … falls er anruft … er braucht mich hier …«

»Mann«, stöhnte ich. »Dann erklär mir, wie ich hinkomme.«

»Ich … er …«

»Die kriegen ihn sowieso.«

Sie hielt einen blauen Fetzen in der Hand, ein Kleid, das wahrscheinlich ganz interessant aussah, wenn sie es anhatte. Einen Moment lang schien sie es selber ganz interessant zu finden. Dann warf sie es auf den Haufen, stand auf und ging raus. Ich nippte an der Dose, kroch zum Telefon und bestellte ein Taxi.

Irina kam blaß und barfuß durch den Flur gehumpelt. Sie reichte mir einen Zettel, auf den sie eine Art Lageplan gemalt hatte, Striche, Kästchen, Kreuze und ein paar Straßennamen. Ich griff danach, sie ließ nicht gleich los, das Papier spannte sich weiß und trocken zwischen uns wie ein Blick, der alles in Ordnung bringt. Ich schaute zu ihr hoch. Nichts war in Ordnung, aber irgendwas bewog sie dazu, loszulassen. Ich steckte den Zettel ein und benutzte die Wand, um auf die Beine zu kommen. Irina blieb stocksteif, als ich einen Arm um sie legte.

Ich ging.

Auf der Straße war es gespenstisch ruhig. Modriger Nachtgeruch in der warmen Luft, kein Laut, kein Licht hinter irgendeinem Fenster, Totenstarre, selbst die Straßenbeleuchtung brannte auf Halbmast. Die aufgekratzte Stimme der Taxizentrale, mit der ich eben gesprochen hatte, schien aus einer anderen Welt zu stammen – einer Welt, in der man lebte, stritt, sich versöhnte und friedlich zusammen einschlief. Ich stellte mir vor, wie Irina sich wieder hinlegte. Oder weiter ihre Klamotten sortierte. Müde steckte ich mir eine Zigarette an.

Das Taxi kam. Ich fiel auf den Rücksitz, nannte dem Fahrer die Adresse, wir fuhren los. Leise schnurrte der Wagen durch die Nacht, um ein paar dunkle Ecken, etwas belebtere Straßen, durch den desinteressierten Lichterzirkus des Alex in die Karl-Marx-Allee, oder wie sie jetzt hieß. Wahrscheinlich auch umbenannt, sie konnten die Vergangenheit nicht ausradieren, aber sie sagten anders dazu. Ich sank tief in den Sitz und lutschte an meinem lauwarmen Bier. Draußen sausten Stalins Prunkbauten vorbei. Ich fand sie vertrauenerweckend. Sahen alle so gleich aus, irgendwie beruhigend. Erinnerten mich an Paris, ich wußte nicht, wie ich da jetzt draufkam, ich war noch nie in Paris gewesen. Paris. Lichter auf Postkarten. Kalinka wollte immer hin, armes Kind, ich hatte nie Lust gehabt. Wieso eigentlich, war doch gar nicht so übel. Ich wollte den Fahrer fragen, wie die Straße hieß, aber wahrscheinlich konnte er kein Deutsch. Mühsam kratzte ich ein paar Brocken Französisch zusammen. Ein bißchen was war damals hängengeblieben, lag wohl an der Französischlehrerin, in die ich verliebt gewesen war. *Voulez-vous coucher,* wie hieß sie noch, Frau Hoffmann, Französin, aber mit einem Deutschen verheiratet, und Beine, mein Gott. *Avec moi.* Die lehreringewordene Versuchung, mit einem Lächeln, das einem zu sagen schien, *jederzeit Süßer, aber psst, mein Mann.*

Oder eben der Fahrstuhlführer. Der eigentlich gar nicht herschaute. *Voulez-vous.* Vielleicht oben auf dem Turm, vielleicht würden wir oben allein sein ... Blaues Kleid, ihre gekreuzten Beine neben mir auf der Fahrstuhlbank, mir wurde warm um die Mitte, Mme Hoffmann, wie hoch, sind wir bald oben, *en français, s'il-vous plaît,* es schnurrte etwas leiser und fing an zu wackeln. War das die Höhenluft? Oder die Wolken, Frau Hoffmanns Gesicht war ja schon ganz undeutlich wie durch Nebel. Ich schaute runter und sah tief unter mir den Stadtplan von Paris, er hatte den Umriß eines Ebers, eines Ebers, der zwei kleine Kästchen säugte. Nein, da stimmte was nicht. Eber ... der Franzose, der den Fahrstuhl bediente, rüttelte an meinem Arm. Ich machte die Augen auf.

»Da wärn wir«, sagte er.

»Eberin«, murmelte ich benommen. »Das ist doch in Rom ...«

»Köpenick«, sagte er. »Da wollten Sie doch hin.«

»Ja.« Ich blinzelte aus dem Fenster. Wir hielten vor dem Eingang einer Laubenkolonie, ja, Gegenvogels Datscha.

»Achtundfuffzich«, sagte der Taxifahrer.

Ich gab ihm das Geld und stieg aus. Stirnrunzelnd überblickte er die Situation, mich vor dem dunklen, flachen Hintergrund der ausgestorbenen Laubenkolonie, bevor er Gas gab und davonrauschte. Ich schaute benommen den Rücklichtern nach, die in der Nacht verschwanden. Sie machten mich zum Ende der Welt.

Ich beleuchtete Irinas Zettel mit dem Feuerzeug und drehte ihn solange, bis die schwummrige Realität um mich herum Sinn ergab. Eine gestrichelte Linie entsprach wohl dem Kiesweg, der in die Kolonie führte. Ich merkte mir die Anzahl der

Kästchen bis zu dem mit dem Kreuz, sieben gradeaus und zwei links, und schritt steif über den Kies, die Fäuste in den Jackentaschen geballt. Vielleicht war keiner da. Oder … sie warteten alle auf mich, ich erinnerte mich an eine Filmszene, jemand kam nachts nach Hause, allein und traurig, und machte das Licht an, und da standen sie alle und sangen *Happy Birthday to You,* alle, Stefan, das Ketchup aus dem Gesicht gewischt, Herr Bock vom Rücksitz auferstanden, die Bullen, alles nur Spaß gewesen, und natürlich Kalinka und die Kleine. Miriam … Die komischen Spielzeughäuschen am linken Rand des Wegs lagen schwarz und tot hinter ihren Schrebergartenzäunen, so ernst, als würden sie sich mühsam das Lachen verbeißen und jeden Moment losprusten. Rechts grenzte die Kolonie an das Gelände einer Landmaschinenfirma, die Geräte standen reglos in der Dunkelheit, rätselhaft wie Monumente einer fremden Zivilisation. Ich glaubte, jemand hinter mir zu spüren und drehte mich um. Niemand. Ich ging etwas schneller. Sechs, sieben, jetzt die Linkskurve. Ich sah das Licht. Die übernächste Hütte, ein Fenster mit zugezogenem Vorhang, der rot in die Nacht glühte. Vorsichtig über den Kies, dann Gras, ein Fußabstreifer vor der Tür. Ich hörte Gegenvogels Stimme. Ich legte beide Hände auf die Klinke und vermißte plötzlich meine Bierdose. Im Taxi vergessen.

Ich stieß die Tür auf.

Gegenvogel, der mitten im Raum stand, fuhr herum und hatte eine Pistole in der Hand, ehe ich bis drei zählen konnte. Sie war auf mich gerichtet.

»Happy Birthday«, grölte ich.

29

»Keine Sorge«, sagte Gegenvogel zu Frau Bock, die zusammengekauert auf einem Feldbett in der Ecke saß, die Hände zwischen die Knie geklemmt, die Augen schreckgeweitet hinter ihrer Schmetterlingsbrille. Ihr Kinn klappte runter, als sie mich sah.

»Keine Sorge«, wiederholte Gegenvogel. Seine Pistole zuckte nervös. »Mit dem werden wir fertig.«

»Das, das ist der«, stammelte die Bock. »Der ... versteckte Ermittler ...«

Ich trat ein.

»Quatsch«, sagte Gegenvogel. »'n Penner ist das, haben Sie das immer noch nicht begriffen. Der hat überhaupt nichts zu melden.«

»Wenn ich wollte«, sagte ich.

Er winkte mit der Pistole. »Rüber in die Ecke.«

Ich klappte einen Campingstuhl auseinander, der an der Wand lehnte, und setzte mich neben das Feldbett. Die Bock starrte mich verkniffen an.

»Ich will einfach nur da raus«, sagte ich zu Gegenvogel.

»Halts Maul.«

»Ich kann mir denken, was ihr vorhabt, und es interessiert mich einen Scheißdreck. Ich will aus der Sache raus.«

Er blies wütend die Backen auf, dann steckte er sich die Pistole in den Hosenbund. Daß da überhaupt noch was Platz hatte. Er stand jetzt direkt unter der Lampe, deren zylindrischer, rotkarierter Schirm über ihm hing wie eine absurde Krone. Ich grinste.

»Ich hättse erschlagen sollen, die Kuh«, sagte er.

»Jaja. Und Strasser auch. Und mich auch, wo wir grade dabei sind.«

»Du kannst gern der erste sein«, zischte er.

»Und was ist mit ihr?« Ich wandte mich an Frau Bock. »Sie wissen Bescheid? Ihren Mann hats ja auch schon erwischt.«

Sie klemmte ihre Knie noch fester zusammen. »Halten Sie doch endlich die Klappe, Sie«, kreischte sie. »Herr Gegen ...«

»Ruhe«, brüllte er. »Ich hab Ihnen doch grade alles erklärt, also lassen Sie sich nicht von dem Penner kopfscheu machen. Hier passiert, was ich sage, und sonst gar nichts.«

»Dann sagen Sie doch mal, was jetzt passiert«, sagte ich.

»Der ist doch sowieso total fertig«, sagte er und sah sich hektisch um. Auf einem Regal entdeckte er ein Stück Schnur, er schnappte es und kam damit auf mich zu.

»Ach nee, nicht schon wieder«, protestierte ich. Ich versuchte aufzustehen. Er stieß mich auf den Stuhl zurück.

»Maul halten.« Er trat hinter mich. »Wehr dich nicht, dann tuts nicht so weh.«

Er zog meine Arme hinter die Stuhllehne und schlang die Schnur um die Handgelenke.

»Was haben Sie denn Schönes aus Strasser rausgeprügelt«, sagte ich. »Zum Beispiel, wer Stefan umgebracht hat?«

»Das war doch klar«, keuchte er, während er den Knoten anzog. »Die Jungs von Kuhl natürlich, wer sonst. Es war übrigens Strassers eigene Idee, ihn vor deine Tür zu legen. Um die Bullen auf dich zu hetzen. War nicht in seinem Interesse, daß Kuhl aufflog.«

»Ich weiß. Er wollte ihnen lieber selbst die Daumenschrauben anlegen.«

»Dieses Würstchen.« Wütend riß er an der Schnur. Ich stöhnte vor Schmerz.

»Stefan gings nur um seine Großmutter«, sagte er und schien einen Augenblick wirklich betrübt.

»Und Bock?« ächzte ich.

Frau Bock saß regungslos.

»Du bleibst hier, bis die Sache erledigt ist«, sagte Gegenvogel und trat schwer schnaufend unter seine Krone, »also warum nicht. Bock hatte überhaupt keine Ahnung. Aber als sich Stefan bei Kuhl gemeldet hat, kamen die als erstes auf ihn. Die wußten ja, von wem der Brief stammte. Strasser hat ihn zu einer Verabredung rausgelockt, war ja nicht schwer, nachdem er ihm schon mal 'ne Stange Geld für den Brief gezahlt hatte.«

Frau Bock nickte entschuldigend.

»Dann haben sie ihn gekriegt«, fuhr Gegenvogel fort. »Aber nicht ganz. Stefan kam dazwischen, die Jungs sind erstmal in Panik geraten und wollten abhauen. Bock war noch am Leben. Stefan hat ihn in seinen Wagen geladen. Auf dem Weg ins Krankenhaus muß er dann wohl gestorben sein. Tja. Und dann hat Stefan versucht, mit dir Kontakt aufzunehmen. Aber die Burschen waren ihm gefolgt.«

»Dieser Idiot«, stöhnte ich. »Deswegen dachten die, ich ...«

»Genau.« Sein feistes Gesicht glänzte vor Schweiß und Wissen. »Wär dir aber auch einiges erspart geblieben, wenn Strasser nicht die blendende Idee gehabt hätte, dich mit reinzuziehen. Da wußte die rechte Hand nicht, was die linke macht.«

Das galt auch für meine Hände. Ich versuchte an den Knoten zu kommen.

»Scheiße«, sagte ich. »Und jetzt? Die sind inzwischen auch hinter dir her. Wieso geht ihr nicht zu den Bullen, das reicht doch alles aus, um Kuhl aufs Kreuz zu legen.«

Ein abgehacktes Lachen schüttelte ihn. Er schaute prüfend zur Bock. Sie senkte den Blick, dann sah sie mich dumm und trotzig an.

»Ich schlachte keine Kuh, die ich melken kann«, sagte Gegenvogel.

Die Bock nickte, ihr Haar nickte mit wie ein Helm aus schmutziger Zuckerwatte.

»Verstehe«, sagte ich. »Der Brief, auf den alle so scharf sind. Wegen dem schon zwei Leute dran glauben mußten. Also laut Strasser beweist der, daß Kuhls Ehe mit Martha Emmerich gar nicht gültig war. Und das ganze Vermögen, das Kuhl aus der Ehe hat, gehört also immer noch Emmerich. Damit könnte man ihn ganz legal melken. Wenn man Emmerich hätte. Oder seine Erben.«

»Emmerich ist tot«, sagte er schnell. »Das nützt uns nichts. Aber Kuhl wird zahlen, damit nichts rauskommt.«

Er sah die Bock an, anscheinend um sich zu vergewissern, daß sie alles begriffen hatte. Sie nickte kläglich in ihrer schreienden Bluse.

»Sie haben überhaupt nichts begriffen, was«, sagte ich zu ihr. »Ihr Mann ist tot, das wissen Sie.«

Sie biß sich trotzig auf die Lippen und schaute zu Gegenvogel.

»Wie hast dus eigentlich rausgekriegt«, sagte ich zu ihm.

Schweiß troff über sein Gesicht.

»Naja«, sagte ich, »war ja ganz einfach. Du mußtest nur zu Stefans alter Schule und nach seinem Klassenlehrer von damals fragen. Und da gabs überhaupt keinen Emmerich, stimmts?«

Gegenvogel ballte die Fäuste.

»Ihr Schwiegervater, Robert Bock, war Lehrer«, sagte ich. »Na, dämmerts, Frau Bock?«

Die beiden starrten mich an. Gegenvogel wütend, die Bock überfordert.

»Sehr interessant«, kam es von der Tür. »Keiner rührt sich.«

30

Arnie. Ich hielt die Luft an. Neben ihm schob sich der Vollbärtige rein, seine Pistole war auf Gegenvogel gerichtet, der die Hände bereits oben hatte. Die beiden traten ein Stück auseinander. Zwischen ihnen erschien Kuhls weißes Haupt in der Nacht des Türrahmens. Der Alte schloß die Tür und sah jeden von uns an, keinen besonders lang, keinen besonders interessiert.

»Arnie«, sagte er leise und nickte in Richtung Gegenvogel.

Arnie grinste bedauernd und zog Gegenvogel mit spitzen Fingern die Pistole aus dem Hosenbund. Dann bugsierte er ihn zur Wand und schob seine Beine auseinander. Er klopfte ihn oberflächlich ab. Als er ihm auf den Hintern patschte, knisterte es. Er faßte in die Gesäßtasche und drehte sich um. Fröhlich hielt er den Brief hoch.

»Du Idiot«, sagte ich zu Gegenvogel, der sich schwitzend den Hals verrenkte. »Wie kann einer allein so blöd sein.«

Arnie lachte. Auf ein Nicken des Alten verstummte er und zwinkerte mir in gespieltem Ernst zu. Sonniges Wesen. Ich hatte endlich den Knoten erwischt und versuchte ihn zu lockern.

»Aber Sie haben erstaunlich recht«, sagte Kuhl ruhig. Er sah mich kalt an. Erschrocken ließ ich den Knoten fahren. »Und ich muß Ihnen wohl eine kleine Notlüge gestehen. Was die rechtliche Bedeutung dieser Sache betrifft. Die hatte sie bisher tatsächlich.«

Er streckte eine Hand aus. Arnie reichte ihm den Brief. Kuhls Finger zitterten kaum merklich, als er das Blatt aus dem Umschlag zog und entfaltete.

»Sehen Sie«, sagte er leise. »Dieses kleine Stück Papier ...«

Mit kaltem Funkeln betrachtete er Brief und Umschlag. Arnie sah jetzt wirklich ernst aus. Der Vollbärtige stand neben der Tür, die Pistole auf Gegenvogel gerichtet. Was hinter dem Kraut in seinem Gesicht vorging, war nicht zu ahnen. Die Bock war erstarrt. Niemand bewegte sich. Außer meinen Fingern, die sich wieder am Knoten zu schaffen machten.

»Arnie«, sagte Kuhl nach einer Weile. »Feuer.«

Er streckte das Papier weit von sich, während Arnie sein Feuerzeug dranhielt und die Flammen emporzüngelten. Kuhl spielte damit. Er balancierte das Feuer, drehte und wendete das Papier und behielt es bis zum letzten Quadratzentimeter zwischen den Fingern. Fasziniert beobachtete er die schwarzen Flocken, die schwerelos nach unten torkelten. Als alles verbrannt war, verrieb er die Asche auf dem Boden.

Dann klatschte er in die Hände und sah Frau Bock an.

Sie war kalkweiß. Ihr Kopf zitterte so stark, daß die Brille wackelte. Häßlich vor Angst krallte sie sich an die Kante des

Feldbetts und schaute kurz zu Gegenvogel, der sich, die Hände immer noch oben, langsam umgedreht hatte. Und schnell wieder zu Kuhl.

»Ich hab nichts …«, kreischte sie los.

»Seien Sie still«, sagte Kuhl freundlich. »Sie sind da reingezogen worden, ich weiß, daß Ihnen nichts vorzuwerfen ist.«

Sie hörte für einen Augenblick zu zittern auf.

»Ich auch«, sagte ich. Arnie grinste.

»Sie können ja nichts dafür«, sagte Kuhl zur Bock und legte den Kopf schräg. »Wenn die Herren hier nicht so unverschämt in anderer Leute Privatsphäre gebohrt hätten, wär das alles nicht nötig gewesen. Nun ja. Jetzt ist es raus. Und nicht mehr so wichtig.«

Er gönnte uns gutgelaunt eine Pause, während der er seine Daumen in die Taschen seiner Weste hakte.

»Sie wußten also tatsächlich bis jetzt nicht, daß Ihr Schwiegervater Robert Bock in Wirklichkeit Otto Emmerich war. Na woher auch. Unser Herr Privatdetektiv hat Ihnen das wohlweislich verschwiegen. Er wollte mich ja erpressen. Dabei hätten Sie mit dem Brief ganz legal vor Gericht gehen können. Aber da wär für ihn nichts abgefallen.«

Alles schaute zu Gegenvogel. Er schluckte.

»Wo er sich doch so viel Mühe gegeben hat«, sagte Kuhl. »Ist ja alles schon so lang her. Sehen Sie: daß Emmerich gar nicht tot war, wußte ich schon immer. Er hatte in der Gefangenschaft Robert Bock kennengelernt, der war gestorben, Emmerich kam zurück, suchte Bocks Witwe auf und beschloß, bei ihr zu bleiben und Bocks Identität anzunehmen. Hatte aus irgendeinem Grund keine Lust mehr, die Russen hatten ihm da wohl irgendwelche Ideen ins Hirn gesetzt.

Das läßt sich alles so ungefähr aus dem Brief zusammenreimen, den er damals an … an meine spätere Frau geschrieben hat. Und der übrigens natürlich auch nicht mehr existiert.« Er lächelte zufrieden. »Tja, also war es doch im Sinne aller, ihn einfach für tot erklären zu lassen. Erben ist leichter, als bei einer Scheidung was rauszuschinden. Sie müssen zugeben, das war die günstigste Lösung. Hat allen nur genützt.«

Er hielt Frau Bock seine leeren Handflächen entgegen. Sie nickte zähneklappernd. Kuhl hakte die Daumen wieder ein und blickte versonnen auf die Ascheflecken zu seinen Füßen.

»Und daran ist jetzt nicht mehr zu rütteln. Selbst wenn irgendwer so dumm sein sollte, zur Polizei gehen zu wollen. Verstehen Sie? Diese alte Sache ist ein für allemal begraben.«

»Ja«, hauchte die Bock.

»Na also. Andererseits, ich bin kein Unmensch. Und in gewisser Weise verbindet uns ja so eine Art, wie soll ich es sagen … Familienband. So um drei Ecken.«

Er lachte und sah sich um. Arnie und der Vollbärtige stimmten in sein Gelächter ein. Gegenvogel stand bleich und schweißgebadet an der Wand. Die Bock rang sich ein gehetztes Kichern ab.

»Sie haben wegen der Geschichte eine ganze Menge durchgemacht«, sagte Kuhl. »Und selbst wenn mich rechtlich nichts dazu verpflichtet, wäre ich bereit, mich auf einer, sagen wir mal, persönlichen Ebene erkenntlich zu zeigen. Sehr erkenntlich. Unter bestimmten Umständen.«

Er sah sie nachdenklich an. Sie wich seinem Blick aus, schaute zu Gegenvogel, der sie haßerfüllt anstarrte, und leckte sich die Lippen.

Sie öffnete den Mund.

Plötzlich flammte draußen Licht auf. Das Fenster, neben dem ich saß, wurde grell angestrahlt, der rote Vorhang glühte, als wäre schlagartig die Sonne aufgegangen.

Draußen knackte es ein paarmal. Ein Megaphon.

»Polizei«, sagte eine verzerrte Stimme. »Das Gelände ist umstellt.«

Niemand rührte sich. Gegenvogel keuchte, die Augen weit aufgerissen. Die Kuhls tauschten schnelle Blicke aus.

»Kommen Sie mit erhobenen Händen raus«, sagte die Stimme. »Wir wissen, daß Sie bewaffnet sind.«

Mit einem Ruck kam Bewegung in den Raum. Kuhl nickte Arnie zu, der neben Gegenvogel trat, Gegenvogels Pistole hob und sie ihm an die Schläfe hielt. Gegenvogel schrie auf. Mich beachtete niemand. Ich zerrte an der Schnur. Der Campingstuhl schwankte unter meinen Bemühungen. Kuhl setzte sich schnell aufs Feldbett neben Frau Bock, die ihren Mund noch nicht geschlossen hatte.

»Meine Erkenntlichkeit gilt auch für Sie«, sagte Kuhl hastig zu Gegenvogel und zeigte auf die Tür. »Gehen Sie da raus und sagen Sie denen, daß alles in Ordnung ist.«

Gegenvogel schlotterte. Sein Blick irrte panisch zwischen uns herum, während Arnie ihn mit der freien Hand zur Tür schob.

»Nur 'ne kleine Party«, sagte Arnie und ließ die Waffe sinken.

Sie erreichten die Tür. Der Strick gab endlich ein Stück nach. Gegenvogel legte die Hand an die Klinke.

»Polizei«, sagte die Stimme draußen.

Gegenvogel sah Arnie ungläubig ins Gesicht. Dann drückte er die Klinke. Ich riß den einen Arm aus der Schlinge. Die

Bewegung warf mich gegen die rechte Armlehne des Stuhls, der sich unter meinem Gewicht zu neigen begann.

Gegenvogel zog die Tür ein Stück auf.

Arnie drehte sich zu mir um. Ich sah, daß er die Pistole hob und auf mich zielte. Mein linker Fuß stemmte sich gegen den Boden. Der Stuhl kippte.

Arnie schoß.

Ich krachte mit dem Kopf auf den Fußboden. Hinter mir splitterte Holz.

»Scheiße«, schrie Arnie.

Gegenvogel hatte die Tür jetzt offen. Er sah Arnie mit der Pistole und mich auf dem Boden. Seine Gesichtszüge entgleisten. Er wandte sich nach draußen, halb ins grelle Licht, das durch die Tür fiel, und schrie. Arnie trat blitzschnell hinter ihn. Er hob die Pistole und feuerte hoch in die Luft und ließ sich fallen.

Gegenvogel schien mitten im Schritt einzufrieren.

Schüsse brachen los. Aus Gegenvogels T-Shirt und Hose platzten blutige Fetzen. Er wurde herumgerissen und taumelte mit ausgebreiteten Armen vor der Tür. Kugeln splitterten durch die Holzwand. Gegenvogels Ohr wurde zerrissen. Sein massiger Körper schien einen Augenblick zu schweben, dann brach er zusammen. Eine letzte Kugel schlug ein und warf seinen Arm auf die Schwelle. Er bewegte sich nicht mehr.

Kuhl war aufgesprungen. Mit einem Satz war er bei mir.

»Denk an die Schlüssel und halt den Mund«, zischte er.

Dann verpaßte er mir einen Fußtritt gegen den Kopf, der mich außer Gefecht setzte.

31

Risse im Putz.

Der Hauptstrang verlief u-förmig von knapp unter der Decke bis zur Oberkante des Türrahmens. Ein kleinerer zweigte treppenförmig vom linken Flügel ab und spaltete sich am Ende in zwei kurze Ausläufer. Rechts entsprangen mehrere fast parallel und in gleichmäßigen Abständen. Eine Wand. Grau und friedlich. Risse im Putz.

Ich glotzte die Wand an und dachte mir zu den Gabelungen der Risse die passenden Einschußlöcher.

Warten.

Ich drückte den Rücken gegen die Stuhllehne. Stabiles Büromöbel, da schwankte nichts. Ein vertrauenerweckend leerer Tisch mit Telefon und Schreibunterlage und einem leeren Stuhl auf der anderen Seite. Leer. Übersichtlich.

Links oben fehlte noch eins.

Päng.

Die Tür sprang auf. Ich zuckte zusammen.

Bluth kam rein, schwenkte seine Windjacke über die Lehne des leeren Stuhls und setzte sich. Er trug ein kurzärmeliges Hemd in schickem Pastellgrün. Er verschränkte die Hände auf der Tischplatte und sah mich eine Weile schweigend an, klein, zierlich und humorlos. Dann öffnete er eine Schublade, nahm einen Block raus und zückte einen Kugelschreiber aus der Hemdtasche. Er legte Block und Kugelschreiber nebeneinander auf den Tisch.

Vorbei mit der Übersichtlichkeit.

»Gehts Ihnen besser«, fragte er sachlich.

Ich holte tief Luft und grunzte.

»Mir ist klar, daß Sie unter Schock stehen«, sagte er. »Sie müssen nicht aussagen.«

»Hab 'n bißchen was getrunken«, sagte ich.

»Jaja.« Seine schmalen Hände rückten den Block zurecht. »Dann erzählen Sie doch mal, was passiert ist.«

Ich kontrollierte die Einschußlöcher. Päng päng päng päng. Die Schlüssel.

»Kann mich nicht erinnern«, sagte ich. »Irgendwas ist mir auf den Kopf gefallen.«

Er betrachtete meine Stirn und nickte.

»Vorher wurde geschossen«, sagte ich.

Er nickte und strich die glatten Kanten des Blocks glatt.

»Nach den Aussagen der anderen hat Gegenvogel auf Sie geschossen, bevor er versuchte, sich den Weg freizuschießen.«

Päng.

»Gegenvogel«, sagte ich. »Ach ja. Dieser Dicke.«

»Sie erinnern sich?«

»Mhm. Grünes T-Shirt, weiße Hose.«

»An den Schuß. Da waren Sie also noch nicht bewußtlos?«

»Der hat auf mich geschossen.« Ich betastete die Beule auf meiner Stirn. »Dann bin ich umgefallen.«

»Sie sind dem Schuß ausgewichen und mit dem Stuhl umgekippt. Dabei sind Sie mit dem Kopf aufgeschlagen und haben das Bewußtsein verloren. War es so? Ist das alles, woran Sie sich erinnern? Nach dem Schuß?«

»Mit dem Kopf, ja.«

Er zeigte auf die Beule. »Sieht aus, als hätten Sie versucht, den Sturz mit der Stirn abzufangen. Komische Reaktion.«

»Ich hatte was getrunken«, sagte ich achselzuckend.

Entschlossen packte er den Kugelschreiber.

»Wieviele Schüsse haben Sie mitgekriegt. Sie sagten, es wurde geschossen. Das klingt nach mehreren.«

»Ja?« Ich kratzte mich am Kopf. »Mehrere. Kann sein.«

»Sie sind also nicht unmittelbar nach dem Schuß auf Sie ohnmächtig geworden?«

Ich starrte ihn an.

»Das ging alles ziemlich schnell, wissen Sie«, sagte ich.

»Wie sind Sie eigentlich da hingekommen.«

Er lehnte sich zurück. Seine Faust, die wie ein Anker auf der Tischplatte liegenblieb, knipste den Kugelschreiber an.

»Taxi«, sagte ich. »Fast sechzig Mark.«

Für ein paar Sekunden war er versteinert. Dann knipste er den Kugelschreiber aus.

»Jetzt passen Sie mal auf. Der junge Mann, den wir gestern in Ihrem Hauseingang gefunden haben. Ihr Freund Stefan Krepp.«

»Ja«, seufzte ich. »Ja.«

»Sie haben gelogen.«

Mein Hintern rutschte langsam auf dem Stuhl nach vorne.

»Ich hatte was ...«

»Ja«, sagte er knapp. »Und Sie hatten Angst, in die Sache reingezogen zu werden. Na schön. Niemand will Ihnen was anhängen. Also reißen Sie sich zusammen und erzählen mir, was wirklich passiert ist.«

Ich setzte mich grade.

»Gegenvogel«, sagte ich.

»Ja was«, bellte er.

»Der. Der dachte, ich hätte was gewußt. Weil ich Stefan kannte. Und weil er bei mir ... umgebracht wurde.«

»Was gewußt?«

»Weiß nicht. Ich wußte ja nichts.«

»So. Und wie ... wieso sind Sie dann da rausgefahren?«

Päng.

»Gegenvogel«, sagte ich. »Der hat mich da rausbestellt und ich kam hin und er hat mich an den Stuhl gefesselt und mit dem bin ich dann umgefallen.«

Er betrachtete lange den Kugelschreiber. Sein Daumen spielte mit dem Gedanken, ihn anzuknipsen.

»Kennen Sie die anderen, die dabei waren?«

»Nein.«

»So. Was hat sich dort abgespielt. Bevor wir kamen.«

Ich seufzte. »Hab ich alles nicht so genau mitgekriegt. Es ging wohl irgendwie um Erpressung. Also, Gegenvogel hat die anderen erpreßt, glaub ich.«

Er knallte den Kugelschreiber auf den Tisch.

»Jetzt reichts«, schrie er. »Schön abgesprochen alles. Aber das paßt ja hinten und vorne nicht. Erstens, es gab ja überhaupt nichts zu erpressen. Gegenvogel hatte ja überhaupt nichts in der Hand, womit er irgendwem drohen konnte. Die Sache mit diesem Emmerich ist doch bestenfalls was für RTL, aber nichts für einen Erpresser. Zweitens, warum sollte er Sie, wenn er Sie für einen Mitwisser gehalten hat, extra noch dazuziehen. Drittens, wieso sind auf der Pistole, mit der er angeblich geschossen hat, keine Fingerabdrücke. Überhaupt keine. Viertens ...«

Es klopfte. Bevor Bluth antworten konnte, steckte ein junger Ziviler den Kopf ins Zimmer, ohne ganz reinzukommen.

»Herr Bluth«, sagte er nervös. »Der Chef. Sofort.«

Bluth schlug mit seiner schmächtigen Faust auf den Tisch.

Er warf mir einen wütenden Blick zu, sprang auf, ging raus und knallte die Tür hinter sich zu.

Päng.

Ich glotzte die Wand an.

Ich schaute auf die Uhr. Halb drei. Egal. Ich zog das Telefon auf meine Seite und wählte Miriams Nummer.

Es dauerte ewig, bis abgenommen wurde.

»Ja«, krächzte Miriam.

»Schlaft ihr schon?«

»Du bists. Na sicher. Was … was gibts denn.«

»Bitte. Weck mal eben Kalinka. Ich muß sie unbedingt sprechen.«

Sie seufzte schläfrig. Zu müde um zu widersprechen. Sie legte den Hörer weg. Klopfen und Geflüster und Gemurmel und dann nichts mehr und auf einmal Kalinkas warme verschlafene Stimme.

»Was gibts denn.«

»Ich bin bei den Bullen«, sagte ich.

»Weißte, wie spät es ist?«

»Ja. Ich bin bei den Bullen. Es kommt alles in Ordnung. Die Sache ist für dich erledigt.«

Sie gähnte.

»Du … du kannst wieder in deine Wohnung«, sagte ich.

»Na schönen Dank«, sagte sie.

»Okay. Ich ruf dich morgen an.«

»Besser nicht«, sagte sie leise. »Erstmal.«

Pause.

»Okay«, sagte ich.

Sie schwieg.

»Gute Nacht«, sagte ich.

»Gute Nacht.«

Ich schob den Apparat zurück.

Päng päng päng päng.

Ich hatte die Wand ziemlich durchlöchert, als Bluth wieder reinkam. Er blieb an der Tür stehen. Er sah aus, als könnte er die paar freien Stellen gut gebrauchen, die ich ihm übriggelassen hatte. Seine schlanken Finger zitterten. Er fuhr sich über die Stirn und warf mir einen kurzen Blick zu.

»Sie können gehen«, sagte er müde.

32

Ich roch es, noch bevor ich die Blaulichter über den Oranienplatz flackern sah. Berge aus Qualm zeichneten sich grau gegen den Nachthimmel ab, bewegungslos in der Windstille. Feuer. Ich ging schneller. Ein paar Meter vor der Ecke hörte ich die ersten Stimmen, sie kamen von meiner Seite des Platzes. Unwillkürlich tastete ich nach meinen Zigaretten. Ich bog um die Ecke.

Vor meinem Haus war die Straße abgesperrt. Löschfahrzeuge, ein Notarztwagen. Alles schon vorbei, die Feuerwehrleute räumten bereits ihr Zeug zusammen. Schaulustige standen aufgelockert an der Absperrung, nicht mehr viele, die meisten offensichtlich aus den Kneipen in der Nähe, Drinks in den Händen, plaudernd. Ich mischte mich darunter und stellte mich hinter zwei kräftige Kerle mit kahlrasierten Schädeln. Ich schaute an der Fassade hoch. Ab dem dritten Stock war sie schwarz, die geborstenen Fenster tief in ihren verrußten Höhlen.

Mein Stockwerk.

»Schöne Sauerei«, sagte eine Stimme neben mir.

Es war Hotte, der Nachbar im Trainingsanzug. Er trug die Jacke offen, sein Bierbauch glänzte erschöpft.

»Was war denn«, sagte ich steif.

»Na gebrannt hats. Hat irgendson Penner vergessen, den Herd auszuschalten.«

Der Kaffee.

Ich hatte Kaffeewasser aufgesetzt. Ich konnte mich nicht erinnern, ihn getrunken zu haben. Das letzte, was ich deutlich vor mir sah, war, daß ich die Whiskyflasche in den Küchenschrank gestellt hatte. Die verdammte Whiskyflasche. Die war jetzt bestimmt auch …

»Schlimm?« sagte ich.

»Sehnse doch«, schnaubte er. »Naja, verletzt is wohl keiner.«

Erika trat von hinten zu uns, fröstelnd in ihrem Nachthemd, und kuschelte sich in ihre fleischigen Arme.

»Das hätt echt nich sein müssen«, sagte einer der kräftigen Kerle.

Erika faßte mich gierig ins Auge. »Sie wohnen doch da, was? Der junge Mann von gestern abend.«

Ich nickte.

»Hätt auch bei uns passieren können«, sagte Hotte. »Ein Pack ist das, mit dem man heute unter einem Dach wohnen muß.«

»Schrecklich, was«, sagte Erika. »Hotte, mach doch die Jacke zu …«

»Jetzt iiiisses nun mal passiert«, säuselte der andere kräftige Kerl. »Was willste machen.«

»Ich hab sooo aufgepaßt«, sagte der andere weinerlich.

Hotte hakte den Reißverschluß ein und zog ihn halb hoch. »Säufer, Fixer, Asoziale. Kein Wunder, wenn dir so einer das Haus abfackelt. Wissen Sie, wo sowas meiner Meinung nach hingehört?«

»Hotte …«

»Neenee, laß ma, da steh ich zu …«

»Aufpassen nennst du das, wenn du Gerd in aller Öffentlichkeit den Magen ausleckst. Schatzi, ich haaabs dir gesagt. Wenn Kai mitkriegt, daß du was mit Gerd …«

Hotte war verstummt und nestelte an seinem Reißverschluß.

»Puh«, sagte Erika. »Gestern der Terrorist und heute brennts. Kein Auge würd ich mehr zutun in dem Haus.«

»Gesindel«, sagte Hotte zwischen den Zähnen.

»Laß uns mal wieder reingehen, man sieht ja nischt mehr …«

»Außerdem wars doch eh nie so doll mit Kai.«

»Aber jetzt, wo er mich verläßt …«

Langsam ging ich zur Ecke zurück. Die Oranienstraße protzte mit ihrer Neonpracht, eine lichtergesäumte Landebahn. Landen. Auf dem Bauch oder auf den Füßen, egal, Wodka hin oder her. Wodka … Ich kramte in den Hosentaschen, da mußte noch was sein, ein Zehner vielleicht, ein bißchen Silber, hatte sich wohl zwischen den Schlüsseln verkrochen. Ich zog die Schlüsselbünde raus. Meiner, dick, rostig, nutzlos. Ich lachte. Ich stand neben einem Kanaldeckel. Ich ließ den Schlüsselbund fallen.

Klimpernd verschwand er im Orkus. Nie wieder Kaffee.

Der zweite gehörte Kalinka. Ich betrachtete die drei Schlüssel. Silbrig glänzten sie auf meiner verschwitzten Hand.

Landen.

Ich ließ sie fallen.

BERLIN CRIME 6

Kreuzberger Nächte sind lang in jenem Berliner Sommer, als Ziggy Oswald an der Stadt und ihren Leichen verzweifelt.

Christian Tagger: KARAOKE PUNK

Kriminalroman, BERLIN CRIME 6

Broschur, 160 Seiten, ISBN 3-89602-010-2

Ziggy Oswald ernährt sich mehr schlecht als recht durch den Verkauf von Schallplatten, die kein seriöser Laden jemals anbieten wird. Es ist Hochsommer in Berlin, und das Geschäft läuft nicht. Ziggy hat Zeit, die er in den Kneipen Kreuzbergs verdämmert. Dann verschwindet plötzlich seine Ex-Freundin Lisa. Daß in diesem Augenblick der Immobilienhai und Rotlichtfürst Krötzke auftaucht, mag Zufall sein.

Ziggy hängt sich an ihn, weil er nichts Besseres zu tun hat. Um Krötzke wegen einer alten Sache zur Rede zu stellen, sucht er ihn in dessen Spandauer Nobelwohnung auf. Mit ihm sprechen kann er nicht mehr: Krötzke ist tot, erschossen. Wohin Ziggy sein Weg auch führt, überall stolpert er plötzlich über Leichen.

Christian Tagger, Jahrgang 1964, Studium der Linguistik und Philosophie. Lebt in Berlin. Weitere Krimis um den höchst liebenswerten Helden Ziggy Oswald werden folgen.

»Hier bricht sich mit Tempo und überzeugendem Plot die Moral der Kreuzberger Szene an der Selbstironie ihres Protagonisten.« *Die Tageszeitung*

»Ein Kaleidoskop des urbanen Kolorits, und ein Reigen skurriler Gestalten. Der Autor versteht es vorzüglich, sein Publikum mit sprachlicher Bordüre zu unterhalten.« *AZ Frankfurt*

Jede Großstadt hat das Verbrechen, das sie verdient.

BERLIN CRIME 7

Dokumente aus Nazi-Archiven, vertuschende Schlapphüte und der verschwundene Lover: Martin Roths zweiter Fall.

Hans van Gulden: AMOK UND KOMA

Kriminalroman, BERLIN CRIME 7

Broschur, 192 Seiten, ISBN 3-89602-011-0

Der in Berlin lebende Amerikaner Martin Roth, ein erfolgloser Schriftsteller, arbeitet seit Jahren an einem Roman, der nicht fertig wird. Um sich über Wasser zu halten, verfaßt er Kolumnen für Zeitungen. Sein Thema ist der Antisemitismus. Ein anonymer Anrufer verspricht Roth bislang unbekannte und brisante Dokumente aus dem Judenghetto Litzmannstadt, die eine jüdische Kollaboration mit den Besatzern belegen sollen. Roth wird zu einem konspirativen Treffen im Hilton Berlin bestellt. Doch in der Lobby wartet Roth vergeblich.

In seine Wohnung zurückgekehrt, findet Roth dort das angekündigte Material. Wenig später steht die Kripo vor seiner Tür. Im Kalkwerk Rüdersdorf wurde ein namenloser Toter gefunden, der Roths Adresse in der Manteltasche hat. Dann wird Martin Roths Freund und Lover Nigel entführt.

Hans van Gulden, geb. 1949 in Groningen, Kunsthistoriker, Auktionator und Krimiautor. Er lebt in Paris und Berlin. Der erste Krimi erschien als *Schöne Bürger* ebenfalls bei BERLIN CRIME. Weitere Krimis um das schwule Pärchen Martin Roth und Nigel sind in Vorbereitung, sie lieben und sie schlagen sich.

»Der Verlag konnte mit Hans van Gulden wiederum einen sehr erfahrenen Krimiautoren gewinnen. Glückwunsch.« *Neues Deutschland*

»Man kann schwule Krimis mögen oder nicht. Sicher ist: Van Guldens Krimi wird ein Erfolg« *Wochenpost*

Jede Großstadt hat das Verbrechen, das sie verdient.

BERLIN CRIME 8

Der perfekte Raubüberfall. Weihnachtsmänner und Maschinenpistolen, ein Kaufhaus im Kaufrausch. Frohes Fest?

Heiner Rank: GOLDENER SONNTAG

Kriminalroman, BERLIN CRIME 8

Broschur, 192 Seiten, ISBN 3-89602-012-9

Weil er sich weigert, dem zukünftigen Schwiegersohn des Innensenators eine glänzende Beurteilung zu schreiben, verliert Kriminalkommissar Paul Fennek seinen Job bei der Berliner Kriminalpolizei. Kurze Zeit nach seiner Entlassung rauben schwerbewaffnete Gangster die Tageseinnahmen eines Kaufhauses und töten einen Wachmann. Es ist der letzte verkaufsoffene Sonntag vor Weihnachten, der Goldene Sonntag. Auch einer der Räuber wird wenig später ermordet, offenbar von seinesgleichen. Die Ermittlungen der ehemaligen Kollegen Fenneks kommen nicht voran.

Fennek, der immer noch über gute und nicht immer ganz legale Kontakte zur Unterwelt verfügt, wird aus dem Ruhestand geholt. Er soll nun ermitteln.

Heiner Rank, geboren 1931 in Nowawes, wurde mit Krimis wie *Falschgeld, Autodiebe* und *Die letzte Zeugin* bekannt. Er lebt als freier Autor in Kleinmachnow. Die Gesamtauflage der Krimis Heiner Ranks beträgt 5 Millionen.

»Heiner Ranks Krimis sind nicht nur äußerst spannend, sondern auch von hoher sozialer Genauigkeit.« *Elfriede Jelinek im HR*

»Dieser neue Krimi von Heiner Rank ist absolut metropolentauglich. Dringend empfohlen von *FRITZ!*« *Ostdeutscher Rundfunk Brandenburg*

Jede Großstadt hat das Verbrechen, das sie verdient.

BERLIN CRIME 9

Ein elfjähriger Junge erdrosselt im Maisfeld. Ein Zwölfjähriger stirbt nach einem Telefonat. Dietrich Köllings vierter Fall.

Frank Goyke: RUF DOCH MAL AN

Kriminalroman, BERLIN CRIME 9
Broschur, 192 Seiten, ISBN 3-89602-013-7

Ein Schockanrufer hält Eltern und Kinder im Ostberliner Bezirk Hohenschönhausen in Atem. Der Mann ruft in den Nachmittagsstunden Kinder an und zwingt sie unter Drohungen, sich selbst Gewalt anzutun. Dieser Fall tangiert Dietrich Kölling nicht. Er weiß von ihm nur aus dem Polizeibericht; das ist Sache der Polizeidirektion Sieben, und dort soll der Fall gefälligst auch bleiben.

Doch unversehens wird er auch zu Dietrich Köllings Angelegenheit. Der elfjährige Schüler Paul Hagedorn wurde in einem Maisfeld aufgefunden, nackt und erdrosselt. Der Tatort befindet sich in unmittelbarer Nähe des Neubaugebietes Hohenschönhausen.

Wenige Tage, nachdem Dietrich Kölling und sein Team die Ermittlungen aufgenommen haben, bleibt ein zweiter Junge auf der Strecke. Kurz vor seinem Tod hat er telefoniert.

Frank Goyke, geb. 1961 in Rostock. Redakteur, Lektor und Autor. Lebt in Berlin. Goyke ist der Erfinder des Kriminalistentrios um den Kommissar Dietrich Kölling.

Ruf doch mal an ist der vierte Dietrich-Kölling-Krimi. Weitere folgen.

»An diesem knurrigen Kommissar hätte Chandler seine helle Freude gehabt.« *Die Welt*

»Da stimmen die Örtlichkeiten und die Strukturen bis ins letzte Detail, die Sprache bis in die feinsten Untertöne.« *Neue Zeit*

Jede Großstadt hat das Verbrechen, das sie verdient.

BERLIN CRIME 10

Tödliche Aufputschmittel in Fitneßstudios am Ku'damm. Holländische Händler, fernöstliche Exotik und Berliner Milieu.

Jürgen Ebertowski: AIKIDO SPEED

Kriminalroman, BERLIN CRIME 10

Broschur, 192 Seiten, ISBN 3-89602-014-5

Nach ihrer Rückkehr aus Japan hat die Ordensschwester und Gymnasiallehrerin Vera Veltheim in Berlin eine Aikidogruppe für Schüler aufgebaut. Der Zuspruch ist groß, die Kampfsportarten boomen. Gerhard Schellkowski allerdings, Inhaber eines Körperstudios, hat sich verspekuliert. Um seine Schulden abzutragen, bietet er seinen Kunden nicht nur Übungen an, sondern auch Aufbaumittel und Pillen, die die Leistungskraft steigern.

Der Berliner Drogenmarkt ist in fester Hand, als sich eine Gruppe von holländischen Händlern anschickt, die Claims neu zu verteilen. Schellkowski ist der erste, den sie von der Konkurrenz loszueisen versuchen. Der Lehrerin Vera fällt bei einigen ihrer Aikidoka eine Verhaltensänderung auf: Sie erkennen ihre Grenzen nicht mehr, übertreiben bei den Übungen maßlos, scheinen schmerzunempfindlich zu sein. Dann wird bei einer Schulfete ein Schüler erstochen. Der Junge war mit Schellkowski bekannt.

Jürgen Ebertowski, geboren 1949 in Berlin, Studium der Japanologie, arbeitete als Lehrer in Tokio, Dozent für Kampfsport an der Hochschule der Künste Berlin. Weitere Krimis folgen bei *BERLIN CRIME.*

»Eine gelungene Kombination aus spannender Story und Kulturreport« *Die Tageszeitung*

»Ein Krimi, der anschauliche Einblicke verschafft in die Organisationsstruktur der Drogenschieber und in die Motive der User, der dopenden Sportler: Die Sache war gut eingespielt und alle verdienten daran. *HNA/Hessische Allgemeine*

»Wie in einem japanischen Haiku: Da ist alles drin.« *Berliner Zeitung*

Jede Großstadt hat das Verbrechen, das sie verdient.

BERLIN CRIME 11

Ein Senatsbaurat fällt vor die S-Bahn, ein Senator genehmigt den Lauschangriff, ein Bulle verliebt sich in eine Mafia-Braut.

–ky: FENDT HÖRT MIT

Kriminalroman, BERLIN CRIME 11

Broschur, 192 Seiten, ISBN 3-89602-015-3

Senatsbaurat Dr. Lübz wird ermordet aufgefunden. Kriminalhauptkommissar Mannhardt macht sich ans Werk. Die Ermittlungsgruppe Organisierte Kriminalität mischt sich in den Fall, allerdings hinter den Kulissen. Sie hat schon seit langem Ron Peccioli auf dem Kieker, einen Fuhrunternehmer und Sponsor der Footballmannschaft Berlin Bulls, in der fast ausschließlich Polizisten spielen. Peccioli gilt als Drahtzieher des Caccia-Clans und steht im Verdacht, Polizeibeamte zu bestechen. Die Ermordung des Senatsbaurats ist den Ermittlern ein willkommener Anlaß, gegen Peccioli einen Großen Lauschangriff zu starten. Fendt hört Pecciolis Wohnung mit einem Richtmikrofon ab.

Wenn Fendt sich langweilt, gilt sein Interesse den Nachbarn des Mafioso, der christdemokratischen Familie Vogelsang. Die Tochter Graziella hat es Fendt angetan. Er verliebt sich in sie, die allerdings Peccioli geradezu verfallen ist. Fendt verläßt das Versteck, um Graziella zu warnen.

–ky (Dr. Horst Bosetzky), geb. 1938 in Berlin. Prof. für Soziologie. Seit 1971 zahllose Krimis und Filme. U.v.a.: *Einer von uns beiden, Stör die feinen Leute nicht, Friedrich der Große rettet Oberkommissar Mannhardt.* 1980 Preis für den besten deutschsprachigen Krimi, 1988 Prix Mystère de la Critique, 1991 BZ-Kultur-Bär, 1992 Ehren-Glauser.

»–ky bittet nicht ins neblige London oder auf Rivera-Schlösser, unsere Stadt ist ihm aufregend genug.« *Berliner Morgenpost*

»Der Krimi-König. Der beste Krimi-Autor.« *BILD*

Jede Großstadt hat das Verbrechen, das sie verdient.

BERLIN CRIME 12

Die Leiche im Schaufenster des Sarggeschäfts, grüne Stiefel und ein Kriminalist, der heimlich Kleist gelesen hat.

Joy Markert & Sibylle Nägele: NACHTCAFE SCHROFFENSTEIN

Kriminalroman, BERLIN CRIME 12

Broschur, 192 Seiten, ISBN 3-89602-016-1

Eine Leiche liegt im Sarg und gehört nicht dorthin. Es ist eine Frau, die ein Bestattungsunternehmer seinem Geschäft entdeckt. Die Frau ist nackt bis auf ein Paar hoher, grüner Stiefel. Der Mörder scheint Sinn für makabren Humor zu haben. Hauptkommissar Krüger mag keine mordenden Witzbolde und keine Toten auf nüchternen Magen. Mit Erleichterung stellt er fest, daß sich neben dem Leichenfundort eine Kneipe befindet. Im Nachtcafé Schroffenstein beginnt er seine Recherchen bei einem Bier. Der Zapfer erregt auf Anhieb Krügers Mißfallen: Krischan ist Ironiker und hat keinen Respekt vor Polizisten. Ein Mann, der sich so sicher fühlt, kann nur verdächtig sein. Krüger verbeißt sich in den Zapfer. Doch die Frauenmorde häufen sich.

Joy Markert, geb. 1942 in Tuttlingen/Schwaben. Seit 1964 in Berlin Filmemacher und Autor. Über 50 Hörspiele, Bücher, Filme. Bundesfilmpreis (1971), Lubitsch-Preis (1971, mit Robert v. Ackeren).

Sibylle Nägele, geb. 1959, Studium der Germanistik und Philosophie, Theaterstück Der Barde, 1987.

»Im Verlauf von vielen Nächten wurde aus der Kneipengeschichte ein furioser Krimi: Krüger ermittelt in einer sehr merkwürdigen, ziemlich pietätlosen Sache. Eine weibliche Leiche im Schaufenster eines Bestatters.« *Tagesspiegel*

Jede Großstadt hat das Verbrechen, das sie verdient.

BERLIN CRIME 13

Ein versehentlicher Toter im Tegeler Knast, ein knurriger Kommissar und ein verstimmter junger Mann.

Frank Goyke: TEGELER TRAUERSPIEL.

BERLIN CRIME 13

192 Seiten, 14,80 DM, ISBN 3-89602-017-X

Hauptkommissar Dietrich Kölling, Chef einer Berliner Mordkommission, weilt zum Genesungsurlaub bei seiner hochbetagten Mutter in Hannover und langweilt sich zu Tode. Jeder Strohhalm ist ihm recht, um nach Berlin zurückzukehren. Aber seine Kollegen Becker und die Oberkommissarin Blissow sind nur mit Routinesachen beschäftigt; die einzige Abwechslung ins Einerlei bringt eine junge Frau namens Anita Regorius. Die Frau behauptet, ihr Lebensgefährte sei in der Haftanstalt Tegel ermordet worden. Das widerspricht den Ermittlungen der Staatsanwaltschaft, die von Selbstmord ausgehen. Die Akte ist geschlossen, der Leichnam eingeäschert. Es gibt keinen Grund, den Fall noch einmal aufzurollen. Doch Dietrich Kölling trifft sich unter konspirativen Umständen mit Anita Regorius. Wenige Stunden danach wird sie in ihrer Wohnung erschlagen.

Frank Goyke, geb. 1961. Autor und Lektor in Berlin. Goykes erster Dietrich-Kölling-Krimi erschien als Der kleine Pariser. Kritik und Publikum reagierten äußerst positiv auf die bislang erschienenen Dietrich-Kölling-Krimis.

Die Presse über Frank Goykes Krimis:

»Da stimmen die Örtlichkeiten und die Strukturen bis ins Detail, die Sprache bis in die Untertöne.« *Neue Zeit*

»Das ist Tatort-reif.« *Die Tageszeitung*

»Die besten deutschen Großstadtkrimis.« Die Welt

Jede Großstadt hat das Verbrechen, das sie verdient.

BERLIN CRIME 14

Weibliche Obsessionen, groteske Todessehnsüchte, Fotos eines Mordes. Die Verwirrung des Kasimir Kaspar.

Wolfgang Bergmann: VATER MUTTER TOD
BERLIN CRIME 14
192 Seiten, 14,80 DM, ISBN 3-89602-018-8

Kasimir Kaspar ist Journalist und ein hoffnungsloser Fall: West-Redakteur in einem Ossi-Blatt mit langer Tradition und wenig Zukunft. Eine berufliche Perspektive, so flau ist, wie das Bier, das in Kasimirs Lieblingskneipe ausgeschenkt wird – Kasimir ist ausgebrannt, und er weiß es. Dann stolpert er über die Sensationsstory seines ganzen journalistischen Lebens. Ihm werden Fotos zugespielt, die einen aufsehenerregenden Mord dokumentieren, den Tod einer jungen Frau. In allen gräßlichen Phasen, in allen obszönen Details.

Kasimir ist entsetzt und fasziniert. Und er macht sich Hoffnungen. Vielleicht kommt er ja doch noch mal ganz groß raus. Und so taumelt er ahnungslos in einen Abgrund von weiblichen Obsessionen, Sex und Todessehnsucht, einen Seelenwirrwarr aus Masken, Phantasmen und Realität. Was zeigen diese Fotos? Die Wirklichkeit? Ein obszönes Spiel? Eine Maskerade? Wer ist dann die junge Ermordete? Wer hat sie getötet? Und warum reden alle, als sei sie eine Heilige gewesen?

Wolfgang Bergmann, geboren 1948 in Westfalen. Psychologe und Publizist. Lebt in Berlin. Chefredakteur einer Wochenzeitung in Berlin.

Bücher (Auswahl): Die neue Familie, 1989, Herder. Die Wunden der Liebe, 1991, Ullstein. Versetzung gefährdet, 1994, Bastei-Lübbe. Weitere Bücher bei Beltz u. Heyne. Weitere Kriminalromane werden folgen.

Jede Großstadt hat das Verbrechen, das sie verdient.

BERLIN CRIME 15

Erstochene Taxifahrer, poetisierende Terroristen, ein mörderischer Todesengel. Oliver Stern denkt nach.

Silvo Lahtela: ALP TRAUM TERROR

BERLIN CRIME 15

192 Seiten, 14,80 DM, ISBN 3-89602-019-6

Der grausame Mord an einer jungen Frau im Vietnamkrieg zieht weite und verschlungene Kreise: Fünfundzwanzig Jahre später werden im Berliner Großstadtdschungel Taxifahrer erstochen. Oliver Stern, nachts Kutscher, tags Poet, gerät durch einen Fahrgast, den weltweit gesuchten Top-Terroristen Todtenmann, wider willen ins Zentrum einer Geschichte, die einst mit Liebe anfing und jetzt anscheinend endlos mit Haß und Terror weitergeht.

Es sei denn, jemand würde den Teufelskreis der Gewalt durchbrechen. Stern versucht es und kommt dabei lebensgefährlich zwischen die Fronten von Opfern und Tätern. Sein Dilemma: Als Stern ein kleiner Junge war, und der Terrorist Todtenmann noch kein Terrorist, sondern ein aufmüpfiger Student, war dieser für den Jüngeren ein echtes Vorbild. Stern kann nicht auf die Staatsmacht zurückgreifen, denn alte Freunde verpfeift er nicht. Er muß herausfinden, warum der gesuchte Terrorist mit Risiko wieder nach Berlin gekommen ist. Und er muß es überleben.

Von Killerkommandos gejagt, faßt Stern den riskanten Entschluß, Todtenmann zur Abkehr vom Terrorismus zu bewegen. Mit Hilfe einer Frau, einem mörderischen Engel, geht Stern in die Offensive. Bewußte Freiheit steht gegen blinde Ideologie, ein Vabanquespiel beginnt. Der Preis ist das eigene Leben oder das eigene Sterben.

Silvo Lahtela, geb. 1959 in Helsinki, lebt als freier Autor in Berlin. Muttersprache: Deutsch. 3. Dan Aikido Bücher: Abwärts! (Prosapoem), Auf dem Heldenstrich (Theaterstück), Zeichendämmerung (Roman, Insel-Verlag)

»Lahtela kann Story und Text wunderbar verzahnen.« *Die Zeit*

»Lesen Sie Lahtela. Man gönnt sich ja sonst nichts.« *Volkszeitung*

Jede Großstadt hat das Verbrechen, das sie verdient.

BERLIN CRIME

Die aktuelle Krimi-Reihe aus der Hauptstadt des Verbrechens. In Berlin treffen sich die Altlasten aus Ost und West zu ihrer Vereinigung: dubiose Immobilienhaie und gemeinnützige Wohnungsverwalter, bestechliche Beamte und selbstherrliche Provinzpolitiker, entlassene Offiziere im besonderen Einsatz und abgehalfterte Schlapphüte.

BERLIN CRIME

Nur in Berlin leben sie in einem Kiez, nur in Berlin wohnen sie Tür an Tür: polnische Autodiebe und schwäbische Kriminalkommissare, hamburgische Hasardeure und Ludwigsburger Luden. Korrupte Hinterbänkler und autonome Brandstifter, entfesselte Biedermänner und gerissene Trickbetrüger. Jede Großstadt hat das Verbrechen, das sie verdient.

BERLIN CRIME

Die Metropole: Organisierte Kriminelle, organisierte Polizisten, organisierte Privatdetektive. Dazwischen die unorganisierbare Realität. Der Umschlag der Quantität des Verbrechens in literarische Qualität. Neue Geschichten aus der Großstadt und aus dem Kiez um die Ecke. Jeder Krimi eine Originalausgabe, jeder Band ca. 192 Seiten für ca. 14,80 DM.